バートレット英雄譚
～スローライフしたいのにできない弱小貴族奮闘記～

上谷 岩清

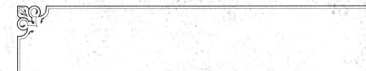

CONTENTS

バートレット
英雄譚

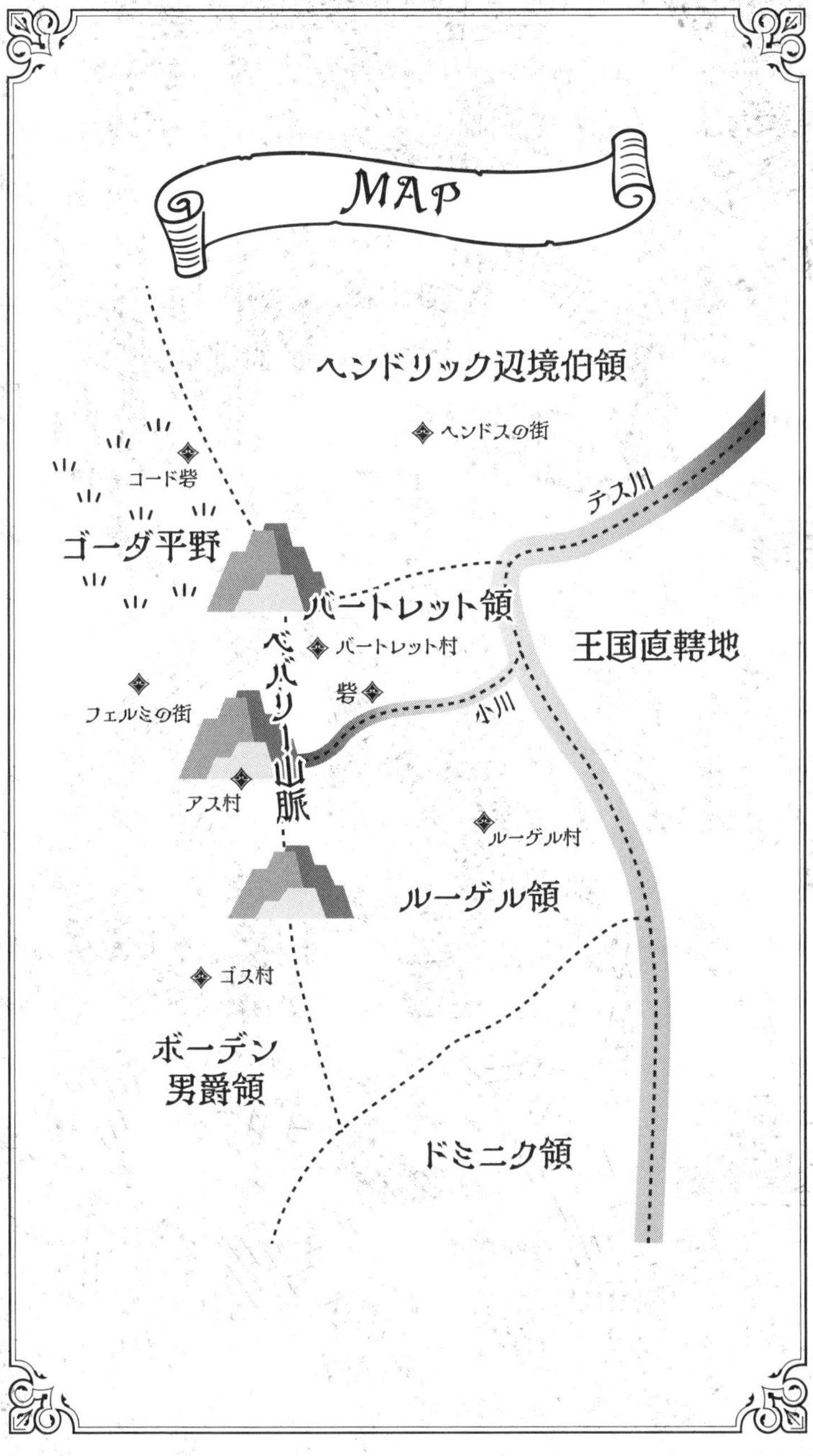
MAP
ヘンドリック辺境伯領
ヘンドスの街
コード砦
テス川
ゴーダ平野
バートレット領
王国直轄地
ベバリー山脈
バートレット村
砦
フェルミの街
小川
アス村
ルーゲル村
ルーゲル領
ゴス村
ボーデン
男爵領
ドミニク領

CHARACTER

ラムゼイ＝バートレット
日本人の男性が転生した、
ルーゲル士爵の三男。
バートレット領を開拓する。

ダニー
宿屋の四男として生まれた少年。
バートレット領の初期メンバー。

ロジャー
木こりの家に生まれた少年。
バートレット領の初期メンバー。

ウィリー
農家の五男として生まれた少年。
バートレット領の初期メンバー。

エリック
大工の次男として生まれた少年。
バートレット領の初期メンバー。

ヘンリー
バートレット領へ移住する百姓
（豆とニンニク担当）。

ゴードン
バートレット領へ移住する百姓
（ブドウ担当）。

チャーリー
バートレット領へ移住する百姓
（カブと玉ねぎ担当）。

オズマ
兄たちに疎まれていたため、
バートレット領へ移住した狩人。

アーチボルト翁
元傭兵の老人。
バートレット領の武芸指南役となる。

ハンス＝ルーゲル
ラムゼイの父親。
ルーゲル領を治めている。

ヘレナ＝ルーゲル
ラムゼイの母親。

ポール＝ルーゲル
ルーゲル家の長男。
ラムゼイを殺そうとしている。

クーン＝ルーゲル
ルーゲル家の次男。
ラムゼイを殺そうとしている。

ダリル＝フォン＝ヘンドリック
ヘンドリック辺境伯。
ラムゼイを自身の庇護下に加える。

ギルバート
バークレー子爵の嫡男。

オリヴィエ
ロイド男爵の嫡男。

コステロ＝デ＝ボーデン
ボーデン領を治める男爵。

ルドヴィグ＝フォン＝ガーデル
ガーデル伯爵家の当主。

ヴェロニカ
ボーデン男爵軍の百人長として
ラムゼイを攻める女騎士。

ホーク
傭兵『黒鷺団』の団長。

バートレット英雄譚

プロローグ

王国歴550年3月22日

「ラムゼイ、これからここがお前の領地だ」

春の訪れを今や遅しと待ちわびているルーゲル村。

その村のある一室では、少年から青年へと切り替わったばかりの男の運命が決定づけられていた。

それはあまりにも突然の宣告であったため、その言葉を告げられた張本人であるラムゼイ＝ルーゲルは拳を握りしめ、天を仰いだ。

父であるハンス＝ルーゲルがラムゼイの領地と示した場所はルーゲル領の最北端の一角であったからだ。

ルーゲル領自体はそんなに広くない。士爵という貴族階級の最下層に位置するルーゲル家が持つ土地など猫の額ほどしかあるわけがなかった。

さらにルーゲル領はここマデューク王国の北部に位置しており、冬場は積雪が厳しい。

その北部に位置するルーゲル領の最北端となれば、この時期でも寒さは一入だろう。あくまで、ラムゼイの体感であるが。

しかもラムゼイが拝領する土地には誰も住んでおらず土地も荒れ放題だ。

ルーゲル家の本領はラムゼイの長兄である七つ上のポールが継ぎ、次兄である五つ上のクーンは長兄のその補佐およびポールに何かあった場合の予備だ。

となると、持て余してしまうのは三男のラムゼイということになる。

ラムゼイは怒りを発散するかのように握りしめていたこぶしの力を抜き、大きく深呼吸してから父親の言葉に応えた。

「はぁ、まあ理解はしました。となると、ルーゲル家はルーゲル家でも私は分家と言うことですよね」

「……そういうことになるな」

「では本家と区別するために姓を改めるべきだと思うんですよ。なので、これから私はバートレット《用無し》と名乗ることにします」

このバートレットという姓は洋梨の品種である。洋梨と用無しをかけた、彼なりの皮肉のつもりであった。

このことにハンスは驚いていた。ラムゼイにこの話を切り出したら猛反対されると思っていたからだ。あんな土地でやっていけるわけがない、と。

しかし、ラムゼイは反対する様子など露ほどなく、話がトントン拍子に進んでいった。

あまりにするすると話が進んでいくものだから逆にハンスから尋ねてしまったほどである。本当に良いのか、と。

「まあ良くはありませんが理解はしているつもりです。せめていくらかの支度金を用意いただけますか？」

「それはもちろん用意しよう。１０００ルーベラ用意してある。これを持っていくが良い」

ハンスがそう言うと後ろに控えていた母であるヘレナが１０００ルーベラ入った袋をラムゼイに手

渡した。

この１０００ルーベラの価値だが、１ルーベラで黒パンが一つ買えると言えばその価値はわかるだろう。この黒パンの価格は国の法律で決められている価格だ。

それにラムゼイは自身がそうなることを予期していたのだ。むしろ、三男が家の恩恵に与れるほうが稀である。

なので、これは事実上の口減らしだ。この金で他の領で上手いことやれという、親からの温情なのだ。

例えばそう、他の領の従士になるなどが好例だろう。大抵の三男や四男はそうして他の貴族の中へと入り込む。ルーゲル家がもっと大きければ他の貴族へ紹介することもできたであろう。

しかし、ラムゼイはそれを良しとせず、本当に拝領した領地に赴こうとしていた。この辺りからラムゼイの負けん気の強さが窺えるというもの。

与えられた領地というのは誰も手を入れていない、未開発の地なのだ。

なぜラムゼイはこの土地に赴こうとしたのか。

それは彼なりに打算があったからである。開墾して村を作るつもりなのだ。

この時の父親の顔をラムゼイは生涯忘れることはないだろう。悲しそうな、寂しそうな。でもそれを表には出さないよう堪える顔を。

「話はそれだけでしょうか」

ラムゼイも父に似たのか、表情を変えずに淡々と述べる。

「あ、ああ。以上だ。父としてお前にしてやれることが少なくて申し訳なく思う」

「いえ、お気になさらないでください。それでは一週間以内にはここを発ちますね」

事実、ラムゼイは全く気にしていなかった。気にしているのは父であるハンスと母であるヘレナだけ。ラムゼイはむしろやっと陰湿な兄たちから解放されて清々しているくらいだ。

では何故ラムゼイが全くもってハンスたちのことを気にしていないのか。それはラムゼイが転生者だからであった。

ラムゼイは前の名を斑鳩翔太郎《いかるがしょうたろう》と言い、生粋の日本人であった。

試される大地でブラック企業に勤めていたどこにでもいるような男である。

ある冬の朝、凍った路面で滑ったトラックが彼のもとへと突っ込んでくるという、ベタもベタな死に方をしてラムゼイへと転生したのだ。

こちらに転生した当初は訳もわからなかったが十三年も経てば大体事情も飲み込めてくる。

「じゃあ、少し村に顔を出してきますね」

こうして、ラムゼイは両親の前を辞した。そして、彼の数奇な一生が幕を開けようとしていた。

バートレット英雄譚

第一章

王国歴550年3月22日

ラムゼイは自身の家を後にした。

と言っても今すぐ領地に向かって出立するわけではなく、ルーゲル領にあるルーゲル村に繰り出しただけである。この村にはラムゼイの悪友が何人か暮らしていた。

「お、ラムゼイじゃん」

今、ラムゼイに声をかけたダニーも悪友の一人だ。後ろで束ねた金色の長い髪を揺らしながらラムゼイの隣に並ぶ。

ダニーはラムゼイよりも五つ年上の十八歳であり、ラムゼイにとっては実の兄以上に兄らしい人物でもある。

ダニーは村に唯一ある宿屋の四男で、ラムゼイと同じく鼻摘まみ者と家族から思われていた。そのためラムゼイと意気投合したという経緯がある。

顔立ちは整っているのだが、調子が良く軟派な、少し残念な性格の男である。

「やあダニー。ちょうど良いところに来たね。ちょっと仕入れてもらいたい物があるんだけど頼めるかな?」

「ああ、良いぜ。今もちょうど行商人が一人うちに泊まってるしな」

ダニーは宿屋の息子という地位と社交的な性格も相まって、村にやってくる行商人とも仲が良いのだ。

そのため、ダニーに話を通してお金を渡しておけば買い置きしておいてくれるという寸法である。

その手数料で小銭を稼いでいたちゃっかり者でもあった。

「えーっとね。ライ麦と豆とカブの種。それから斧と鋸。あ、布と塩も欲しいな」

「ちょちょ、ちょっと待て。そんなもん何に使うんだ？　まさか旅にでも出るつもりかよ」

「そんなんじゃないよ。ただ両親に出て行けって言われて土地をもらったからそこで暮らすだけさ」

ちょっとコンビニに行くノリで村を出ることを話すラムゼイ。

すると、並行して歩いていたダニーの足が止まった。

ラムゼイがダニーのほうを振り返るとダニーは目を大きく開いて固まっていた。そりゃそうだろう。

悪友がいなくなると聞かされれば誰もが同じ反応を示すはずだ。

「おーい。大丈夫？」

「大丈夫なわけねぇだろ！　なんでもっと早く言ってくれなかったんだ？」

「早くも何もボクも聞かされたのはついさっきだよ」

頭を抱えて天を仰ぐダニー。それからダニーは矢継ぎ早にラムゼイに質問を投げかけた。

「領地って、どこをもらったんだ？」

「領土の最北端」

「広さはどのくらいだ？」

「うーん……ルーゲル領の二割ってとこかな？」

ルーゲル領の土地は決して広くはない。わかりやすく説明すると小豆島《しょうど》と同じくらいの広さと言えばわかるだろうか。

そのうちの二割と言えば沈む神社で有名な厳島《いつく》と同じくらいの面積だ。ただ、逆にそれだけあれば生きて行くには十分にも思える。

「何か考えはあるのか？」

「んー、まあね」

「どんなだ？」

「それはその……。というか話は変わるけど考えてみたら腹も立たない？　勝手に産んでおいて要らなくなったから捨てるだなんて」

ラムゼイはそこまで何かを考えていたわけではない。なので、話を逸らすことにした。

このラムゼイの疑問にダニーは深く賛同していた。それはダニーも同じ境遇だからである。そして、そんな境遇の奴らはこの世界に星の数と同じくらいいるのだ。

「だったらさ、いっちょギャフンと言わせてみようよ」

「……そうだな。いっちょやってみるか！　じゃあオレは何をすれば良い？」

方法も教えてくれないラムゼイの考えにまんまと乗っかるダニーがラムゼイに問いかけた。

この瞬間、ラムゼイは喰い付いたとその場で小躍りしたい欲求を必死に押し殺しながらも努めて冷静に返答する。

ただ、ダニーもただ乗ってきたわけじゃない。彼も何かアクションを起こさないと将来が不安なので、ラムゼイの提案に賛同することにしたのだ。

それにダニーにデメリットはない。駄目だった場合、また村に戻ってくれれば良いだけなのだから。

「この村にボクたちと同じような境遇のやつらは何人くらいいる？」

「そうだな。男女合わせて十名くらいじゃねぇか？」

「じゃあその人たちに声をかけてみてよ。一緒に新しい村を作ろうってね」

「おう。わかった」

ダニーは意気揚々と駆け出していった。その後ろ姿めがけてラムゼイが大きな声で叫ぶ。頼んだ品を早めに注文しておいてね、と。

ラムゼイは家に帰ってくると、父に頼み込んで村の仔細な資料を見せてもらっていた。それに片っ端から目を通す。

領地の大きさはラムゼイの推測通りであった。人口は三〇〇名ほど。領民のほとんどが農作業に従事していて今のところ食料には困っている様子はない。

そして一番知りたかったのが正確な気候だ。と言っても雨温図なんかがあるわけではない。日記などから気温や積雪時期なんかを推測するのが精いっぱいである。

それによるとおよそ十二月の半ばから積雪が根雪となり、二月の終わりごろに溶け始めて四月には跡形もなくなる、そんな気候のようであった。

言うなれば北海道と同じ寒さといえばわかりやすいかもしれない。

それであれば真夏日はそれほど多くはないと推測することができる。

「どうだ、参考になるか」

「はい、すごく。先ほどの地図はありますか?」

「少し待ってろ」

そういうとハンスは先ほどラムゼイに説明するために使った地図をもう一度机の上に広げてくれた。

これを見ながらハンスと一つずつ詳細を詰めていくラムゼイ。

「まず、私と父上の領土の境界線なのですが、ちょうど良いところに小川が流れていますね。ここを境にするのはどうでしょう?」

「うむ、構わんぞ」

どうせすぐにダメになるだろうとハンスは思っていた。なので、境界線などどこでも良かったのだ。

「それからこの領の東西北はどなたの領地と隣接しているのですか?」

「西がボーデン男爵。ベバリー山脈を領土の境としている。東は王国の直轄地、こちらはテス川が境だ。そして北がこの辺り一帯を取り纏めているヘンドリック辺境伯。こちらは境界線に塀が立っておる」

ハンスが周囲の状況をわかりやすく説明してくれた。こう見てみると川と山があるので材木と飲み水には困らなさそうだ。

問題は土質が良くないことだが、これぱっかりは耕して根気良く改善していくしかないだろう。

「ありがとうございます。助かりました」

父にお礼を述べて自室に戻る。と言っても割り当てられた場所は部屋と言うよりも物置きだ。

ベッドを置いたらもうパンパンである。他にも桶やら雑巾やらも干してあってお世辞にも住みやすいとは言えない。

自分の唯一の所有物である衣服にコート、ナイフに毛布、それから隠してあったお小遣い５００ルーベラを持って行く。これで自身の荷物は全部だ。そう、全部なのである。

（お世辞にも良い環境とは言えなかったが、働かなくてもご飯が食べられたのは良かったな）

前世ではブラック企業に勤めて社畜のように働かされていたラムゼイ。ここでは寝ているだけでご飯が出てくるので、それだけでも天と地の差だ。

（あとはダニーがどれだけの人数を集めてくれるかだな。あ、あと父上に土地を割譲いただいた証書も貰わないと）

やることはまだまだ山積みだがラムゼイの表情は明るかった。確かにご飯は勝手に出てくるが何のやりがいもないのは事実だ。それに厭味ったらしい兄たちに会わなくて済むのも大きい。

ドスドスドス。

そう考えていた矢先に廊下から威張り散らした足音が響いてくる。兄であるポールとクーンがこちらに来たのだろう。ノックもせずに遠慮なく扉が勢い良く開いた。

「聞いたぜぇ、ラムゼイ。勘当されて出て行くんだってな」

「これでお前ともおさらばか。悲しいよ」

この太った厭味ったらしい目つきをした男がラムゼイの兄であるポールだ。その横にいるひょろ長い男がクーンである。

この二人の見た目は似ているがラムゼイとは似ていない。

彼ら二人は父親のハンスに似て、ラムゼイは母親に似たのだ。

「違うよ兄さん。土地を貰ったからそこで暮らすんだ」

「おい聞いたかクーン。『土地を貰った』だってよ。あんなクソみたいな土地で暮らせるわけないだろ。本気で言ってるのか？　おめでたい頭をした奴だな」

二人してラムゼイを笑い者にする。ラムゼイは慣れたものだとどこ吹く風の表情だ。しかし、それが却ってポールの心を逆撫でする結果となってしまった。

「全く、ホントにイライラする奴だぜ。さっさと新しい領地とやらに行って野垂れ死んでしまえ」

そう言ってラムゼイに唾を吐きかけて去って行った。その後をクーンが追いかけていく。典型的な金魚の糞だなとラムゼイはクーンを見て思っていた。

ラムゼイとしては折角もらったチャンスだ。これに賭けてみようとしていたのである。

そもそもこの人生自体がチャンスみたいなものなのだから、牛の尻尾となるよりも鶏の口や頭となりたいと願っていたのであった。

王国歴550年3月23日

ラムゼイは早朝から出掛けていた。というのも自分が暮らす土地を先に下見しておきたかったからである。

雪が少なくなってきたとはいえ、まだ三月。早朝の寒さは身に堪えるものがある。

前世のようにダウンジャケットなどない世界だ。たくさん着込んでやりすごすしかない。

このルーゲル村はルーゲル領の南側に位置しており、ここからラムゼイの貰った領土——仮にバートレット領と呼ぶことにしよう——は村から歩いて約三時間ほどであった。

人間の時速は徒歩で四キロと言われていることから、ルーゲル村とは十キロ強くらい離れているということになる。

走れば直ぐに着くことは可能だろう。もし、走りきる体力があるというのであればだが。

これならばルーゲル村から大工や鍛冶屋など人を呼ぶのも難しくはない。

小川を渡ってラムゼイは自分の土地に入る。そして足元の土を手に取った。

なんというか小学校のグラウンドの土のようだ。固くてパサパサしている土。耕すのも一苦労しそうだとラムゼイはその肌で実感する。

それから西に広がるベバリー山のほうまで足を延ばす。その辺りにはまだまだ雪が残っていた。

山全体を見渡す。この山は木々が生い茂っている。生えているのは白樺だろうか。白い皮のところどころに黒い斑点が見える。

そして山の土をラムゼイは手に取った。先ほどとは打って変わってふわふわとしており平地の土地よりも質が高いことが窺える。となると、山の麓に拠点を築くのが良いだろうとラムゼイは判断していた。

これで最初の方針がラムゼイの中で決まった。

それを確認してからルーゲルの村に戻る。時間は既に昼を過ぎていたので、ラムゼイのお腹が可愛い音を立てた。

彼は朝から何も食べておらず、口にしたのは小川の水だけだ。

ルーゲル村に入ると一人の青年がラムゼイに気づき、こちらへ駆け寄ってきた。ぽっちゃりとした体型に垂れ目の優しそうな顔をした男だ。ラムゼイはこの男に見覚えがあった。

「ロジャーだっけ。そんなに慌ててどうしたんだ？」

「はあはあラムゼイィ。ダニーが探してたよぉ」

巨体を揺らし、息を切らしながらロジャーがこちらへ走り寄ってきた。

折角なので連れだってダニーの元へと向かう。その道中にロジャーが例の話題を切り出してきた。

「ねえねえ、ダニーから聞いたけど村を出るんだってねぇ」

「村を出ると言うか体よく追い出されたというのが正解かもね」

「オイラも連れてってよぉ。もう上の兄貴たちにデブだのノロマだの虐められてて辛いんだよぉ」

ロジャーは体躯に似合った間延びした声で窮状を訴える。しかし、喋り方の問題だろうか、いまいち緊迫感にかける訴えであった。

その懇願に、やはりどこの家も変わらないのかと心が締め付けられるラムゼイ。仲間が増えるのは吝かではないが、かと言って無駄な食い扶持を維持するだけの余力も今はない。

「ロジャーの家は何をしてるんだ？」

「うちは代々木こりだよぉ。でも、この辺りの木々の伐採権は兄さんたちに譲られるからオイラはどうしようか悩んでたんだぁ」

領土が領主のものなら生えている木々も領主のものである。なので、木こりは領主から許可を得て木を伐し、その代わりに税を納めるのだ。

税に関しては領によってまちまちではあるが、七割ほど取られるのもざらであった。

「木こりか。ちょうど良い。新しい拠点は山の麓に築こうと思っていたんだ。木は切れるよね？」

「もちろんさぁ。木のことなら任せてよぉ」

「君を歓迎しよう、ロジャー」

固い握手を交わすラムゼイとロジャー。現金なラムゼイである。契約の詳細は後でゆっくりと詰めることにする。これで木材の心配はなくなった。後は食べ物の問題を解決しないとラムゼイは認識していた。

「ダニー、来たよー」

「おせーよ。どこほっつき歩いてたんだ？」

勝手知ったる宿屋に裏口から上がり込んで屋根裏に足を運ぶ。ここがダニーの部屋だ。

そこにはダニーと二人の青年が輪を作るように座っていた。ラムゼイも見覚えはあったが名前までは知らない相手だ。

「ごめんごめん。ちょっと自分の領地を下見しに北へ行ってたんだ」

「それはご苦労なこって。まずは先に紹介しておくぜ。ウィリーとエリックだ」

ウィリーと呼ばれた青年は開いてるのか開いてないのかわからないほどに目が細く、また大きな鼻が特徴の青年だ。

もう一人のエリックは目が吊り上がっており気性が荒らそうな印象を与える青年であった。

「ウィリーは農家の五男でエリックが大工の次男だ。二人ともお前の野望を手伝ってくれるってよ」

「別に野望って訳じゃないんだけど、それは本当？」

これはまさに僥倖と呼ぶにふさわしい結果であろう。ラムゼイは二人と交互に握手を交わして感謝を述べた。

「でも、なんで二人とも参加してくれるって話になったんだ？」

「オラは親から貰える土地がもうないからだな。自分で開墾するならどこでも変わんねぇべ」

そう言ったのはウィリーだ。確かに五男ともなれば土地なんてもらうことができない。良くて小作人、悪くて野垂れ死にだ。それであればとラムゼイの新天地開発に命運を託すのは当然のことと言えよう。

問題はエリックである。彼は大工の次男という（他の皆よりは）恵まれた立場にも拘らず、それを手放そうとしている。ラムゼイは彼の言い分に耳を傾けた。

「オレは特別なことはねぇよ。ただ兄貴と反りが合わねぇんで家を出る。そんだけだ」

ああ、ここでも兄弟喧嘩かとラムゼイは頭を抱えた。しかし、ラムゼイはある種の納得もしていたのだ。

この村は貧しい。貧しいと心まで貧しくなってしまう。貧すれば鈍するというやつだ。心が、思考が鈍くなってるんだ。

「それに、オレらはアンタと違ってもし失敗したとしても戻ってくりゃそれで良いからな」

そうなのである。ラムゼイ以外の四人は「なんか思ってたんと違う」と言って村に戻ることができるのだ。

しかも、新しい開墾地はルーゲル村から歩いていける距離である。それであれば気軽に参加するというものだろう。

こんな話をしているとこちらまで気が滅入ってしまうとラムゼイは話を変えることにする。過去のことより未来のことだ。

「じゃあ、この五人で新しく村を作って行こう」

「「「「おう！」」」」

◇

「はい、それでは今後の方針を発表しまーす」

ラムゼイはこの四人に当面の方針を発表した。ダニーやエリックがやんややんやと囃し立てる。

まず、行わなければならないのが家の建設と畑の耕作だ。

木こりのロジャーと大工のエリックが家の建設を、農家のウィリーと宿屋のダニーが畑の耕作だ。

「木は白樺のようなものが山に生えていたから、それを切って木材にしよう」

「白樺かぁ。家建てんなら、できればオークとか生えてねぇかなぁ」

「それはちょっと山の中を探してみてね。ウィリーは何の栽培が得意なの？」

「家では豆と小麦、ニンニクなんかも育ててたなぁ」

「種をちょろまかしたりできる？」

「んー、まあ大量じゃなかったら大丈夫だべ」

話はどんどん進んでいく。

まず、白樺でも良いので小さな家を建てることにした。五人と荷物が置けるだけの小さな家だ。それがないと話にならない。

それと畑に関しては育てやすいライ麦と豆を中心に栽培していくことにする。秋ごろになればニンニクを植えることも行っていく予定だ。

最後に大事なのが水である。

せっかく山があるので、まずは山の雪解けの湧き水を探すことにした。それが見つからなかった場合は川から水を引いてくることを検討するつもりだ。

「それじゃあ悪いんだけど、明日から行動開始できるかな？　当面はこの村から往復ってことになっちゃうけど……」

「構わないよぉ。距離はあるけど、背に腹は代えられないからねぇ」

「オラも早く土の状況が見てぇし、構わんよ」

「オレはちょっと準備してからだな。どの道、木がなければオレは仕事になんねぇから何本か木を切っといてくれ」

こうして話がまとまったところで階下からダニーが声を掛けてきた。どうやらダニーはいつの間にか下に降りていたようだ。

「おーいラムゼイ！　ちょうど行商人がいるぞー！」

その声でラムゼイたちは屋根裏部屋から次々と這い出てくる。それは隠れていたネズミのようにぞろぞろと。

行商人はどうやら一仕事終えた様子らしく疲労の色が見て取れた。にもかかわらず商談の席についてくれるとは商人の鑑のような人物だ。

「初めまして。これからこの領土の北側を治めますラムゼイ＝バートレットと申します」

「おお、これはご丁寧に。私はしがない行商のスレイと申します。お若いですな」

「今年で十三になります」

この世界では十三歳から成人として扱われる暗黙の了解があった。ただ、とは言え十三歳が自立できるかと言われれば首をかしげる部分は多く、十五、六歳までは親元に留まるのが一般的だ。

「事情はダニーくんから聞いておりますよ。物が入り用なのですな」

スレイは齢三十を越えたくらいの男性であった。行商人と言うだけあって壮健な身体つきをしている。

とても優しそうな顔をしており、商人に向いているのが良くわかる。

そのスレイの案内で彼が扱っている荷物を運ぶ馬車の前までやって来た。

「色々と取り揃えておりますよ。何が入り用でしょう？」

「そうだなぁ……まずは塩かな。それを一年分と釘。これは――」

「百本は欲しいな」

ラムゼイは目線をエリックに移すとエリックはそう答えた。なので、ラムゼイはそのままスレイに注文する。

「それと布も一反もらおうかな」

「ありがとうございます。塩に釘に布ですね。合計で1200ルーベラと言ったところでしょうか」

その回答を聞いた瞬間、ラムゼイの動きが固まってしまった。想像以上に値段が高いのだ。これから食糧も買い込む必要があるし、もし何かあった時のためにお金は少し残しておきたい。

「ちょっと高いな。内訳を教えてもらえますか？」

「はい。塩が一年分、一壺で500ルーベラ、釘が一本3ルーベラで合計300ルーベラ、布が一反ですので400ルーベラとなります」

これが適正な値段なのかラムゼイには測ることができなかった。なぜならラムゼイは買い物をしたことがないからである。

困ったラムゼイはダニーに助けを求める視線を送る。するとダニーは静かに頷いてこれを回答とした。

「少し高いですね。布は……諦めます。塩と釘で700ルーベラでどうでしょう？」

塩は外せない。塩がなければ生きることはできないのだから。釘も諦めることはできない。となると、布を諦めるしかないだろう。

「うーん、それだとこちらの儲けが……まあ良いでしょう。その金額でお譲りします」

ラムゼイはもっとごねられるかと思っていたのだが、すんなりと値下げ交渉することができて呆気に取られていた。しかし、これにはスレイの思惑もあったのだ。

新しい村を作るとなると物が何かと入り用になる。つまり、ここで恩を売っておけばお得意様になってもらえると判断していたのだ。

もちろん、開拓が失敗する可能性も否めないがそこは商人。博打に出たわけである。原価と輸送費は取れているのでリスクは低い。

「それで、領地のどの辺りに村を作るご予定で？」

「このまま北上したら山があります。その麓の東側です」

「なるほどなるほど。また、お伺いさせていただきますね」

ラムゼイはスレイから売り物を譲り受けてこの場を後にした。そしてそのまま会議はお開きとなり、ラムゼイはウィリーの家に足を運んでいた。

「ただいま」

「おかえり。どこ歩き回……あら、その人は誰だい？」

「あー……えーと」

答えに困っているウィリー。どう言おうか困っているようだ。

彼の代わりにラムゼイがウィリーの母親とお話をすることにした。

「はじめまして。ウィリーの友達のラムゼイ＝ルーゲルと申します」

「ルーゲル！　こりゃ領主様んところの」

頭を下げようとしていた母親を制止してさっそく本題へと移る。

ラムゼイがここにやって来た理由は食糧を安く譲ってもらうためだ。食べ物がないと生きていくのもままならない。

「それで、如何ほど譲っていただけそうでしょうか」

「そうさなぁ。ライ麦で良ければ大袋で三つ、豆は大袋で一つ、ニンニクは小袋で二つが限界ですだ」

これは意外だった。もっと困窮していると思っていたからだ。ルーゲル領の農民は裕福なのかもしれないとラムゼイは思っていた。

しかし、これには絡繰りがあるのだ。ウィリーの母親は自分たちの食べる分もラムゼイに売り渡していた。

では、自分たちの食べる分が減ってしまう。それは仲間の農家から買い上げるのだ。

こうして自分だけではなく周りも幸せにする。持ちつ持たれつが農民の掟であった。

「ありがとう。それでは全部貰いたいのだが、いくらになりますか？」

「全部で600……いや、500ルーベラでお願いしたいですだ」

「わかりました。それで構いません。明日の朝に取りに来ますので先にお金だけ渡しますね」

「へえ、ちょうど。品物はウィリーに渡しときますですだ」

ラムゼイはウィリーの耳元で呟いた。「種を頼むよ」と。ウィリーはそれに対し小さく頷くのみに止めたのであった。

これでラムゼイのもとに食糧、木材、耕作、それらの人員の目途が立ったということになる。しかし、ここからラムゼイの快進撃が始まるというわけにはいかなかったのであった。

王国歴550年3月24日

ラムゼイはまだ寒さが残る中、夜が明ける前に家を出ていた。もうラムゼイはこの家に戻るつもりはない。それを察したのか後ろから声を掛ける人物が二人。

「ラムゼイ」

他の誰でもない父であるハンスと母であるヘレナだ。

「父上、母上、育ててくれてありがとうございました。この御恩は決して忘れません。お達者で」

「本当に、領地で頑張るのね……。そんなにすぐに出て行かなくても良いんじゃないかしら？」

心配だからか、母であるヘレナがラムゼイにそう声をかける。ただ、ラムゼイがこの家にいたくないのだ。両親が嫌なわけじゃない。兄たちが嫌なのである。

「いえ、一日も早く準備をしたいので」

「……そうか。これは約束の証書だ。持って行け」

両親としてはどこか他の貴族に従士として仕えてもらいたいと考えていた。そうなれば他の貴族との繋がりがふえることになる。

しかし、生憎とラムゼイにその気は全くない。

父からは領地割譲の証書をもらい、母親の問いに力強く頷いてから再び見《まみ》えることのないであろう両親に別れを告げた。

その気になれば帰ってこられるのだが、ラムゼイの頭の中にその考えは今のところない、ということである。

ラムゼイが村の広場に行くとエリックを除く三人が既に集まっていた。

「遅いぞー」

「ごめん。最後の最後で両親に捕まっちゃってさ」

「はい、これ。頼まれていた食糧だ」

荷車の上に山のように置かれている食糧。これが尽きたらラムゼイはまた食糧を買い足さなくてはいけなくなってしまう。

昨日はルーゲルの名を使ったからこそ安く仕入れられたに過ぎない。なので次からはそうもいかないだろうとラムゼイは思っていた。

ラムゼイは自身の頬を二度叩いて覚悟を決め、みんなを引き連れて進路を北へと取った。

「よーし、しゅっぱーつ！」

◇

日が昇るころには目的の場所に到着することができた。ラムゼイが「ここを本拠地とする！」と力強く宣言すると、その宣言を聞いた三人は各々に別行動をとり始めた。

ロジャーは山へ木を伐りに、ウィリーは平地へ土をいじりに。残されたのはラムゼイとダニーだ。

ダニーがボーっとしていたのでラムゼイは一つ無茶ぶりをしてみることにする。

「ダニー。暇なら一つ頼まれてくれない？」

「んぁ？　なんだ？　なんでもこのオレさまに言ってみ？」

相変わらず調子の良い言葉を吐くダニー。ラムゼイはその言葉に甘えることにした。

「ちょっと石臼作っといてくれない？」

ラムゼイは麦を製粉するための石臼をつくれとダニーに命じたのだ。石臼の仕組み自体はダニーも理解している。だが作れと言われると話は別だろう。

「それ、マジで言ってる？」

「うん、マジ。しかも急いでくれないと麦をそのまま食べないといけなくなるのだけど」

「……畜生！　わかったよ！　作りゃいいんだろ！」

ダニーは泣きながら山の中へと入っていった。恐らく手頃な石を探してくるつもりだろう。そのダニーと入れ違いにやって来たのはウィリーだ。あまり芳しくない顔をしている。

「ラムゼイ。確かにお前の言う通りこの辺りの土はあまり良くはねぇな。水捌けも悪そうだ」

「うん、ボクもそう思うよ。だから耕して山の土と混ぜるしかないと思ってるんだけど、どうかな？」

「そだなぁ。それしかねぇだろうな。とりあえずオラはあの辺を耕してみるでよ」

ウィリーはこの荒地の中でも一番良さそうだと思う場所を指さし、鍬を担いで歩いていった。

ラムゼイはウィリーを見送ると山の中へと入り、音を頼りにロジャーのもとへと近寄って行った。

「ロジャー。順調そうだね」

ロジャーの脇には既に切り倒された白樺が何本も横たわっていた。元来、白樺はそんなに太い木ではないのでサクサクと伐ることができるんだろう。

「やあラムゼイ。この辺は白樺が豊富だねぇ。ちょっと歩いてみたけど上のほうに行けばブナやマツも生えていたよぉ」

「それは良かった。できればマツを植樹していきたいんだけど、それってできるかな？」

これは松脂を増やしたいというラムゼイの思惑である。

もちろん、白樺からは樹液を取り出すつもりである。というのも甘味は高値で取引されるからだ。

なので、松と白樺を育てていきたいとロジャーに伝えることにした。

「んー、あの辺では生えてるみたいだしやれないことはないと思うよぉ」

「よし、じゃあこの辺の木を切り倒して白樺と松をどんどん植えて行こう」

「うんー。土砂崩れにだけは気を付けながら進めて行こうかぁ」

「ところで、白樺くらいだったらボクにでも切れるかな？」

この一言が発端となってラムゼイはロジャーに木の伐り方をレクチャーされるのであった。

日も暮れかかりはじめたので、一度集まってそれぞれの進捗を報告し合う。

「うーん。耕してはいるけどやっぱり土の状態はよくねぇな。まずは土を起こしてそっから山の土を混ぜてだな」

「白樺が順調に集まってるよぉ。今日だけで三十本近く集まったんじゃないかなぁ」

「あー。こっちは成果なしだ。悪ぃな」

ラムゼイはみんなの報告を一通り聞いた後、みんなに感謝を告げてから解散を宣言した。ラムゼイ以外の三人には帰る場所があるのだ。無理に野宿する必要はないだろう。

「あー、その、なんだ。オレらも頑張っから早く住みやすい環境を用意しような」

「うん、そだねぇ。斧とかは置いていくから好きに使って良いよぉ」

ダニーたちはそう言い残してこの場を後にした。ラムゼイはそれを見送ると近くの小川まで足を延ばすことにする。まずここで野宿するにあたって用意しないといけないのが水と火だ。

水はこの小川が使えるができれば持ち運んでおきたい。となると器を作る必要がある。そして火がないとお湯を作ることもできない。しかもこの季節だ。凍え死んでしまう可能性も否定できないだろう。

こうしてみるとライターやマッチのありがたみが身に沁みるようだ。虫眼鏡で火を熾すこともできないし、どうしようか。

少しだけ考えた結果、ラムゼイは太い木の枝を持ってダニーたちの後を追いかけるのであった。

結局ラムゼイは火種をダニーの家からわけてもらうことにした。持ってきた太い枝に火を灯して走りながら拠点へと戻っている。まるで聖火ランナーにでもなったような気分である。

拠点まで戻ってきたラムゼイは急いで焚き木の用意をする。これを絶やさぬよう枝を大量にくべていった。

それらが燃えていく様子を見ながらラムゼイは毛布にくるまり、自分の準備の甘さを反省する。そして急いで用意しなければならないものを頭の中に浮かべていった。

王国歴550年3月25日

「――ゼイ！　おい、ラムゼイ？」

ラムゼイは揺すられた衝撃で目を開けた。どうやら眠っていたようだ。目を開けるとそこにはエリック、ロジャー、ウィリーの三人がこちらを見下ろしていた。

「あれ、眠って……」

「おい、大丈夫か？」

三人に心配されながらも起き上がるラムゼイ。するとお腹からきゅるぅという可愛い鳴き声が聞こえてきた。

ラムゼイは昨日から何も食べていないのである。このラムゼイの姿を見た三人は心の中で様々な思いを浮かべていた。

エリックは早く家を建ててやらないと死んでしまうという危機感。

ロジャーはご飯食べないと力でないよと心配。

ウィリーは早く開墾してラムゼイにお腹いっぱいご飯を食べさせてやるんだという決意から、三人はラムゼイの号令を待たずに各々が行動を始めた。

ラムゼイは小川までとぼとぼと歩いて行く。そして水を飲み、顔を洗って脳を覚醒させる。そして、そのまま小川の近くで粘土を探し始めた。

川の近くであれば粘土質の土が採取できるはずである。これを採取して陶器を作ろうというのがラムゼイの考えであった。

陶器さえ作ってしまえば水を溜めておくことができるし、煮込み料理を作ることができる。うるさく鳴き喚くお腹を必死に黙らせ、粘土質の土が見つからないか川の近くを四つん這いになりながら懸命に探したのであった。

そして何とか見つけた粘土を大量に持って帰り大きな鍋の形に成形する。陶器と言うよりはいわゆる土器である。

もちろんラムゼイはそう簡単にできると思っていないが、完成させないと生命に関わってくるのだ。本当にシンプルな鍋を粘土で成形して焚き火のそばに置いておく。いきなり火の中に入れると割れてしまう恐れがあるのは知っている。

そばで回しながらゆっくりと粘土を乾燥させ、頃合いを見て火の中に粘土を投入する。この辺りは試行錯誤だ。

恐らく失敗することも想定して同じような鍋をあと三個ほど作っておく。もちろん全てを同じ条件下で試すのではなく乾燥させる時間や焼き時間を変化させて最適な状態を見つけるためである。

取り敢えず急いで鍋を一つ作ってみた。出来栄えはお世辞にも良いとは言えない。粘土の乾燥も焼き時間も焼いている最中の温度も足りていなかったのだろう。

そういえば火の温度も重要だと何かの本で読んだ記憶があった。残りの三つは焼き時間の他にも火の温度に気を付けて作ることにする。

まずは今できたばかりの鍋を小川まで持って行き水を汲んでみる。

一応、問題なく水は汲めるようだ。それをそのまま持って帰り、そのまま焚き火の上に置いた。

水が沸騰するまでの間、ラムゼイはロジャーとエリックの作業をじっと眺めていた。

ロジャーは伐った木を上手に加工していく。そして、エリックはその木を使って簡易的ではあるが雨を凌ぐための屋根と、横になるための床を作ってくれているようだ。

その作業を眺めていると鍋が沸騰してきたので少量の塩と豆、それから薄くスライスしたニンニクをその中にぶち込む。

これを料理と呼んで良いのかどうかはさておいて『豆のニンニク塩スープ』の完成である。

そこでラムゼイはまたもや大切なことに気が付いた。カトラリーが何もないのだ。

鍋を火から降ろして手近にあった枝をナイフで削って簡易的なフォークを作り上げた。あまりにも不格好であるが。

しかし、フォークが完成したころにはスープは既に冷めており、ラムゼイは鍋のふちに口を付けて直接スープを口の中へと運ぶという選択肢をとることにしたのであった。

何も食べてなかったからか、ただの煮豆がこれほどまでに美味しいと感じたことはあっただろうか。

塩も身体が欲しがっているからか染み入るようにお腹の中へと入っていき、ぺろりと完食してしまった。

それからラムゼイはまたもや粘土を取りに小川へと足を運ぶ。今度も腕一杯に粘土を抱えて戻ってきた。

鍋だけでは足りないことに気が付いたラムゼイは水を溜めておくための甕に料理を取り分けるための器、それからコップをいくつか作ることにしたのだ。

もちろん見た目は不格好だ。彼に芸術のセンスはなかったということである。

ただ、今は使えれば良いのだ。芸術性など二の次なのである。

その作業だけでラムゼイの一日は終わってしまった。日も暮れかかり次第に三人が集まってくる。

それを見たラムゼイはようやく一人足りないことに気がついた。

「あれ？　ダニーは？」

「アイツなら今日来てないよ」

今頃気が付いたのかと言わんばかりにあっけらかんと言い放つエリック。なんでも石を探しているらしい。石臼を作ってくれなんて言うのは無理難題過ぎただろうか。

「それよりも見てくれ。小さいが屋根と床を作ったぞ！」

エリックが指差した場所には二畳ほどの広さだろうか、確かに屋根と床だけが設置されていた。壁はまだない。

ロジャーとウィリーの二人は微妙そうな顔をしていたが、ラムゼイは飛び跳ねるほど嬉しかった。

「ありがとう、エリック！」

「はっはっは！　だろぉー？」

これで雨に怯えずに済む。雨が降ると寝れないだけでなく横になることもできなくなってしまう。ただ床と屋根があるだけなのだが、それだけでもこんなに心強いとラムゼイは思ってもみなかった。

他の二人はこれと言って変わった出来事はないということであった。

ロジャーは今日も白樺を十本ばかり伐ってきたし、ウィリーも昨日と同じ広さの畑を耕していた。

こうした継続的な努力が大切であることをラムゼイも理解している。なので二人にしっかりと感謝の意を示した。

こういうのは口に出して伝えないと伝わらないというのがラムゼイの持論であるからだ。

今日も三人はラムゼイを置いてルーゲル村へと帰っていった。ここからはラムゼイ一人の時間である。

まずは荷物をエリックが立ててくれた屋根の下に移動させる。私物と食料の二つをだ。

それからラムゼイは近くで石を拾い始めた。この石で簡易的なかまどを組んでしまおうという考えだ。本来であればレンガでガッシリと組みたいところだが、残念なことにレンガがない。

ただ、レンガは粘土があれば作ることが可能なので明日にでも作ってしまうことにする。今はそれがないので石で簡易的に組んでしまおうというのだ。それをパズルのように組んでいく。

そしてエリックが建ててくれた屋根に火が燃え移らないよう配慮し、雨が降らないことを願ってから床に毛布を敷いてラムゼイは目を閉じた。

王国歴550年3月26日

今日は昨日とは異なってスッキリと目が覚めたラムゼイ。まずは小川へ水を汲みに行く。今日の目標はレンガを作ることだ。

小川で顔を洗い喉を潤す。それから今日も今日とて大量の粘土を拠点に持って帰った。

レンガは簡単に成形できるから楽だ。レンガ作製をしながら昨日のうちに成形して乾燥させていた鍋と甕、コップなどの器を焚き火の近くでゆっくりと焼いていく。

ラムゼイがレンガを大量作製していると今日は四人全員がこちらへ向かってくるのが目に映った。何やら荷車を押しているのがわかる。

「おーい！　ラムゼイ。言われていたやつを用意したぜぇ！」

この調子の良い声はダニーだなと笑みをこぼしながら手を振るラムゼイ。その荷車には石臼が置いてあった。どうやら苦心の末に石臼を作ることに成功したのだろう。

直径が五十センチほどある石臼だ。表面は綺麗に研磨もされているし、上下がしっかりと噛み合っている。見た目はどこからどうみても石臼にしか見えない。

「よーし！　やっと全員揃ったな。今日から気合入れて行くぞぃ！」

「何でお前が仕切るんだよ」

ダニーとエリックの掛け合いを聞きながら今日も拠点の準備をはじめていく。まず木材は充分に揃ったのでロジャーにはエリックの手伝いをしてもらうことにした。

まずはこの小さな小屋を作り上げてもらうことにする。

ダニーにはせっかく荷車を持ってきてくれたので山の土を運んでくる作業を依頼し、ウィリーにはそれを混ぜてもらうことにした。これで少しは畑の土も改良されるだろうとラムゼイは思っていた。

「はい！　じゃあ今日もよろしくお願いします」

そう言うと大工チームと耕作チームに分かれて作業が開始された。両方とも急ピッチで作業を続けていく。建築が急ぎな理由は言わずもがなであろう。住むところがなければ何もできないからである。

それに対し、耕作チームが急いでいる理由は何か。それは麦の作付け時期が迫ってきているということに起因している。

ライ麦の種植えを四月の半ばには行ってしまいたいと言うウィリー。

そう考えると、もうそろそろ畑を完成させていきたいのだ。ただ、今のままでは面積も土壌も良くない。あと半月でどこまで広げることができるかが勝負となってくるだろう。

そんなことを考えながら、せこせことレンガを作っていくラムゼイ。みんなが集まったことで段々と作業の効率が上がってきたことを嬉しく思いながら自身の作業にも熱を入れていった。

それからお昼にみんなが一度集まった際、石臼を使ってみようという話になった。ダニーは意気揚々と準備を進め、ラムゼイが貴重なライ麦を取り出す。

「オレは上手く動かないに一票」

「じゃあ、ボクはぁ、上手く行くほうに一票かなぁ」

外野では石臼が上手く行くかどうかの予想が立てられていた。ダニーはそれに一喝するもエリックはニヤニヤといやらしい笑みをずっと浮かべていた。

「さ、こんなかにライ麦を入れてくれ」

ダニーに言われた通りライ麦を石臼の穴の中に入れていく。ラムゼイはそれから重たい臼の上部をゴリゴリと回し始めた。

「んー、これは……上手く行ってるの、か？」

ラムゼイが入れたライ麦を真上から覗き込む。しかし、ライ麦はすり減っていないようだ。一度回すのを止めて上部を取り外してみる。

すると、粉が少量ではあるが出ていた。どうやら挽けてはいるようだが、如何せん効率がよろしくない。

「そう言えば、石臼って確か溝を作らないといけないんじゃなかったっけ？」

「溝？　なんだそれは？」

そう。この石臼には溝が全くなかったのだ。ただ石と石が接地しているだけとなっている。もちろん、それでも挽けなくはないだろうが効率はよろしくない。

「ここに、こういう風に溝をピーっと何本も」

ラムゼイは石臼に指を置いてダニーに指示を出した。石臼も完成間近と言っても過言ではないだろう。

「これはどっちが当たりだ？」

「んー、さぁ。少しは挽けていたからオイラの勝ちかなぁ」

石臼でひと悶着あったものの、なんとか大工チームは今日のうちに小さな小屋を完成させることができ、耕作チームは畑を種植えができる状態に持って行くことができた。

ここから本格的にバートレット領の開発が進んで行くのであった。

バートレット英雄譚

第二章

王国暦550年4月5日

あれから数日が過ぎた。ここも拠点らしくなってきたと胸を張るラムゼイ。

家はまだ最初の小さな小屋だけではあるが、みんなで住めるような大きな家は現在建築中だし、レンガで作ったかまども上手く機能している。

そして何より畑が大きく広がっていた。それは協力したいと申し出てくれた人数が増えたからだ。これも偏にダニーによる地道な宣伝活動の賜物だろう。

お陰で今は日陰者であった各家の三男以降が八名ほどいる小さな集落となっていたのであった。ただし、全員男なのが玉に瑕であるが。

後から加入したヘンリー、ゴードン、チャーリーの誰もが百姓の子だ。お陰でどんどんと開拓が進んでいった。

ヘンリーは癖っ毛の強い髪とそばかすが特徴的な男の子。絵を描くのが好きで、社交的な男性だ。

ゴードンは短い髪に凛々しい顔。正義感が強く面倒見の良い性格の男で、チャーリーは身体が弱く、オドオドしている。前髪で目が見えないラムゼイよりも年下の男の子だ。

それからダニーも自分の全ての荷物を纏めてこちらへ移り住むようになった。お陰で小屋が狭い。

もちろん、石臼もあれから改良が入り、今では目の細かい麦粉が引ける石臼となった。なのでパンやダンプリングといった麦粉でつくった団子が主食となりつつある。

早く家を建てて欲しいものだが、急かして欠陥のある家を建てられても困る。

ラムゼイは大きなイビキをかくダニーに眉を顰めながらも、自分の領地が発展していく様を見て喜びを隠し切れずにいたのであった。

王国歴550年4月15日

今日はいよいよ種蒔きの日となった。あれから更に畑の面積を増やしてあるので、エリックを除く七人がかりで種蒔きを行っている。

エリックはもう完成間近となった家の総仕上げに入っている。この家はラムゼイたち八人が住めるように五部屋とリビングという広さの家だ。基本は二人一組で、余った一部屋は来客用だ。

この頃になるとみんなが段々と自分の持ち物をすべて持ってバートレット領へと移住してきた。

ウィリーも約束通りライ麦とニンニク、それから豆の種を実家から拝借してきてくれた。有り難いとしか言いようがない。

「種を蒔いたらしっかり土を被せろよー」

この種蒔きという作業が意外に大変で特に腰にダメージが来る。

ライ麦は生命力が強いのでただ蒔くだけでもすくすくと育つようだが、それだと鳥に食べられてしまう恐れがあるのだとか。

なのでこうして蒔いたら土を被せることを徹底して行っている。これはライ麦だけではなく豆でも同じことをしている。

種付け面積は耕した面積の七割をライ麦、三割を豆とニンニクにする予定だ。

「これ、今日一日で終わるのかな?」

「別に今日一日で終わらせる必要はないぞ。五日以内に終われば御の字って感じだべ」

ただ黙々と作業をするのも面白くないので他愛もない話をしながら種を蒔いていく。話題は若者らしく恋バナだ。

「ダニー、また女の子を紹介してくれよ。ってかここに連れて来てくれ」

「またかよヘンリー。前に紹介した娘とはどうなったんだ?」

「アイツはオレの兄貴と結婚するってよ」

「……お、おう」

「家持って畑持てたら結婚できると思ってたのになー」

「今は畑は持ってるが家を持ってねーもんな」

「違いない」

がははと声高らかに笑うヘンリーとダニー。

確かに女っ気のなさは一つの問題であるとラムゼイは考えていた。女性がいなければこの領地が発展しえないのは自明の理である。

「お前だって彼女欲しいよな、ウィリー?」

「え、オラは許嫁がいるけど」

そのウィリーの一言で場が凍り付いたのは言うまでもないだろう。

こう言うとウィリーに悪いのだがお世辞にも整った顔立ちとは言えないウィリー。しかし、そのウィリーには許嫁がいたのだ。

この場にいた七人全員がウィリーには勝っているだろうと心の隅のどこかでは思っていたのだが、まさかそのウィリーに先を越されるとは予想だにしていなかったのだ。

「ち、ちなみにどこの誰だ？」

「ピーターのとこのキャシーだけど」

「はぁ⁉　まじかよ！　オレちょっと狙ってたのに‼」

「なになに？　可愛いの⁉」

「可愛い。なんか守ってあげたくなる系だ」

この日の夕方、何故だか皆が一斉にルーゲルの村へと戻る事態が発生した。このバートレット領に残ったのは事情が呑み込めていないエリックとラムゼイの二人だけであった。

王国歴550年4月21日

種蒔きも恙なく終わり、あとは芽吹くのを待つのみとなった。

ライ麦はそこまで手が掛かる作物ではないため、みんなの時間に余裕が生まれてきたのだ。

そこでラムゼイは八人全員で山を探索することにした。

山を探索する理由は二つ。野イチゴや山菜など食べられそうな食糧を探すという理由が一つ。

それと綺麗な飲み水を確保するために山の雪解け湧水を探すというのがもう一つである。

横に一列に等間隔に並び、そこから一斉に上へと登っていく。並ぶ距離は大体十メートル間隔。俗に言うローラー作戦だ。

しかし、男子の悲しい性だろうか。この採取は次第に誰が一番早く頂上へと駆け上ることができるかというレースに様変わりしてきたのだ。

「ちょ、エリック。マジで速いって」

「オレは『ルーゲル村のドブネズミ』と呼ばれていた男だぜ！　速さでは負けねぇよ」

「それは誉め言葉なのか？」

「何をっ！　『スカート捲りのダニー』と呼ばれたオレだって速さでは負けねぇよ!!」

「それは逃げ足の話か？」

二人の馬鹿話に突っ込みを差し込んでいくゴードン。このゴードンこそがバートレット領の良心と言えるだろう。しかし、口を挟んでしまったが故、今度はゴードンに矛先が向いてしまったのである。

「うるせーよ。ちゃっかり彼女作りやがって!!」

「そーだそーだ！　オレのいないところで面白い話しやがってよ！　誰か女を紹介しろー!!」

これには何も言えなくなってしまうゴードン。そう、ゴードンもあの話の後に彼女を作っていたのだ。

今度はゴードンが無言で速度を上げて二人から距離を取った。

それは許さないと後を追うエリックとダニー。他の皆も釣られて速度を少しずつ上げていった。少し太っているロジャーを除いて。

◈

「で、湧水はあった？」

山頂には二時間ほどで到着することができた。この山の標高は千メートルにも満たない小さな山だということがわかった。それだけでも貴重な資料になるだろう。

山頂で合流した後、みんなに尋ねるラムゼイ。真っ先に目を逸らすエリックとダニー。この二人は真面目に周囲を探索していなかったのがモロバレだ。

ゴードンとウィリーはベリーをいくつか見つけていたが成果はそれだけだ。するとゆっくりと手を上げる人物がいた。チャーリーだ。

「あのぉー」

「ん？　どうしたチャーリー」

チャーリーはこの中で唯一ラムゼイよりも年下である十二歳だ。彼は身体が弱く激しい運動が難しいため、親に見捨てられてしまったのだ。

しかしこれは誤りであり、ゆっくりとであれば長時間の運動に耐えうる身体を持っていることが判明していた。俗に言う運動音痴なだけであったのだ。

チャーリーが言うには山の下腹で水が流れる音が聞こえたというのだ。そのチャーリーを先頭に件の音の場所へと歩いていく。

その場所というのが本拠地と定めた家のすぐ裏手、そこを約百メートルほど登った場所であった。

みんなで耳を澄ます。すると確かにちょろちょろちょろと水が落ちるような音がラムゼイたちの耳に飛び込んできた。

「何で気づかなかったんだ?」

「お前たちが言い争いをしてたからだろ」

不思議がるダニーを嗜めるゴードン。確かにアレだけ騒いでいたら見つかるものも見つからないだろう。

全員で音がするほうへと近づいていく。するとそこからは小さな湧水がこんこんと湧き出していた。

「おー! 本当にあるんだな、湧水って」

「うん。これを何とか家の裏手まで引くことができれば良いんだけど何か良い考えはないかな?」

ラムゼイは頭を働かせる。竹が生えていたらそれで水道を通してしまっても良かったんだけど生憎と竹はない。

水を汲みに行きやすくするのが現実的だろうか。

「誰かロープとか持ってない?」

このラムゼイの問いに対して誰もが首を横に振る。そこでラムゼイは力技でこの湧水から家までの最短距離を調べることにした。

まず、人を一人湧水から真っ直ぐに拠点の家へと歩かせる。そして家が目視で捉えることができた時点でその場に停止してもらう。

そして次の人間を派遣する。次の人間も湧水から真っ直ぐに拠点の家を目指してもらい、最初に歩いた人間を目視できた時点で止まってもらう。

これを七人分行い、残ったラムゼイが木の枝で真っ直ぐに線を深く引いていくという作戦だ。力技にもほどがあるだろう。しかし、この力技が中々に有効だったのだ。

線を引き終わった後、ラムゼイたちは畑の手入れをする人間と家を建てるエリックを除いて一斉に土を掘り始めた。

そう、湧水場までの道を作っているのだ。わかりやすく、かつ歩きやすいように土も踏み固めていく。

これで山の湧水場まで拠点の家から五分で往復できるようになった。バートレット領は着々と人が住める環境へと変貌しようとしていた。

王国歴550年4月30日

ダニーとエリックは連れ立ってバートレット領を離れて故郷であるルーゲルの村に戻って来ていた。

理由はもちろん彼女を作るためである。ウィリーの許嫁騒動から始まった彼女ブームは収まる気配を見せることはなかった。

むしろ、周囲が彼女を作っていくにつれて彼女がいない者は焦燥感を募らせていった。

「調子はどーよ、エリック」

「てんでダメだ。箸にも棒にもかからねぇ」

現状を打破しようと彼女がいない組の筆頭であるダニーはエリックとなりふり構わずナンパを試みるがこれがどうも上手いこと行かない。

三〇〇人ほどしかいない小さな村だ。このままだとアタックする相手が尽きてしまう。なんとかしないといけないのだが打破する方法がない。

二人でうろうろしながら良い解決策はないかと思案していたところ、思わぬ話が二人の耳に飛び込んできた。

「おい！　あの馬鹿の様子はどうなっている！　まだ野垂れ死んでないのか‼」

二人はその怒鳴り声に身を強張らせた。声のする方向を恐る恐る覗き込む。怒鳴っていたのはラムゼイの兄であるポール＝ルーゲルであった。

「へぇ。どうやら今のところは順調に開拓しているようで」

「十人足らずがラムゼイの野郎の味方をしているとか」

「誰も彼も家を継げない三男や四男が集まっていると」

ポールの取り巻きがそう答える。その話を聞いたポールの顔が段々と熟れたトマトのように真っ赤になっていった。

「あの野郎、さっさと死ぬか出ていきゃ良いものを！　オレ様の領地に勝手に住み着きやがって‼

絶対にぶっ殺してやる‼」

ラムゼイはハンスから領地の割譲を受けており、無断で住み付いているわけではないのだがポールはその事実も気に食わないでいた。

「そんなこと言ったって……どうするって言うんだ？」

「へっへっへ。そうだな。火でも付けてやるか」

その言葉を陰で聞いていたダニーとエリックは口から心臓が飛び出そうになっていた。火なんて付けられたら堪ったもんじゃない。

この情報を聞いた二人は見つからないようにその場を後にして一目散にラムゼイに報告へと走るのであった。

「「ラムゼイ！」」

ダニーとエリックの二人が拠点の家に飛び込んでくる。ラムゼイはヘンリーと協力してこの領土の地図を作っていた。こう見えてヘンリーは絵が上手なのだ。

「どうしたの？　二人してそんな慌てて。はいお水。あ、このコップもね、ボクが粘土から――」

「そ、それどころじゃねぇって!!」

ラムゼイから受け取った水を二人は一気に飲み干すとルーゲルの村で耳にしたポールの野望を事細かにラムゼイに伝えた。流石にこの報告を聞いたラムゼイの顔色も曇る。

「はぁ。ホントにあの馬鹿はボクの邪魔しかしないなー」

「で、どうするよ」

「んー、どうしようか。ちょっと考えておくよ」

そう言ってまた地図作りへと戻るラムゼイ。二人はそのラムゼイの姿にヤキモキしながらも彼を信じることしかできなかった。

王国歴550年5月1日

今日も今日とてラムゼイは土をいじっていた。というのも葡萄を育てたいという要望があったからだ。

葡萄を育てる理由はもちろんワインをつくるためである。みんなお酒に飢えているのだろう。

「この辺でも葡萄って作れるの?」

「問題ねぇんじゃねぇかな。むしろ、葡萄のほうが土が悪くても問題ねぇよ」

「そうなんだ。じゃあ拠点の近くで栽培してみるか」

それからあれよあれよと言う間に葡萄の栽培が決定して今に至るというわけだ。

葡萄を担当してくれるのはゴードンであった。彼の実家でも葡萄を栽培していたらしい。

ラムゼイもワインづくりには賛成だった。ワインは長期保存をすることができる。村の備蓄として溜めておくのには持ってこいだろう。

ただワインの作り方を知っている人間がいない。ゴードンも葡萄は栽培できてもワインは作れないとのこと。

そこが唯一の問題であったが、葡萄を作っておいて損はない。

いざとなったら違う形で活用すれば良いだけの話だ。ラムゼイは他の活用法がないか転生前の知識を一生懸命思い出していた。

「おい！　ラムゼイ!!」

ウィリーとチャーリーとヘンリーとゴードンの農業四人組とそんな打ち合わせをしながら葡萄の活用法を考えていた時、ラムゼイのことをダニーとエリックが呼びつけた。

「じゃあ、後は四人に任せても良い？」

「もちろんさ」

「上手いことやっとくよ」

ラムゼイはその場を後にして呼び出した張本人のところへと赴く。二人の表情には焦りや不安が浮かび上がっていた。

「何？　忙しいんだけど」

「いや、それはわかってるけどよ。どうすんだ、ポールのことは」

「あー、それね。うん、まあ、何とかなるんじゃないかな？」

二人から露骨に目を逸らし、頬を掻きながら答えるラムゼイ。そのラムゼイの回答に二人はがっくりと肩を落とすのであった。

王国歴550年5月3日

ダニーとエリックは今日も今日とて意中の女性を仕留めるべく狩りに精を出していた。

しかし、二人の表情は一向に晴れない。どうやらポールのあの発言が尾を引いているようであった。

「はぁ、全然上手く行かないな」

「それにポールの問題も解決してないし。どうするつもりなんだ？」

「このまま燃やされちゃうのかー。もうこの村に戻ってくるかな」

そう言ったのはダニーだ。しかし、その一言がエリックの逆鱗に触れてしまったのだ。

「あぁん!? じゃあお前はオレたちを焚きつけた癖に自分一人で戻ろうってのか!?」

「だって仕方ないだろ!? じゃあお前はどうしろってんだよ!!」

売り言葉に買い言葉で取っ組み合いの喧嘩へと発展する二人。村の大通りで騒ぎ立ててしまったもんだから周りの村人がわらわらと集まってくる。

しかもその村人が二人を囃し立てるもんだから二人も引くに引けなくなってしまった。

「行けダニー！　そこだ！　そこで右を出せ!!」

「何やってんだエリック！　フックを被せるんだよそれは!!」

この騒動を聞きつけてやってきたのは領主の息子であるポールであった。その姿を見るなり村人たちは蜘蛛の子を散らすように逃げ去って行った。これには不味いとエリックも脱兎の如く逃げ出す。

その場に残されたのはダニーだけであった。ダニーも逃げ出したかったのだが大工と宿屋の息子では筋肉の差が大きく、エリックにぶちのめされてしまったのだ。

「おい、もう一人はどうした？」

「知らないね。どうせ尻尾を巻いて逃げたんだろうさ」

ポールの問いに挑発的に答えるダニー。その発言を聞いたポールは努めて冷静に取り巻きに指示を出した。

「おい、このぼろ雑巾を連れて来い」

「へえ」

ダニーはポールの取り巻きたちに肩を持たれ引き摺られるようにポールたちに秘密の隠れ家まで連れて行かれたのであった。

秘密の隠れ家と言っても全く秘密ではない。ポールたちが住んでいる領主の館の脇にある小さな物置小屋を秘密の隠れ家と称して使っているに過ぎなかった。

「で、お前は何であそこにいたんだ？　もうお前はこの村の人間じゃないだろ」

「ちげーよ。この村の人間だ」

「は？　何を言っている。お前はラムゼイの——」

「止めだ」

ポールが全てを言い終わる前にダニーがそう言い切った。全てが馬鹿らしくなったのだろう。ダニーは自暴自棄になって止めだ止めだと叫び始めた。

「やってられるか！　あんな村づくり!!」

ダニーのその変わりようにポールたちは驚きはしたが笑みを隠すことはできなかった。何せラムゼイの陣営に綻びが見えたのである。そこを突っついていかない手はない。

「そうだよなぁ、やってられないよなぁ。どうだ？　オレたちの仲間にならないか？」

「ああ、ポールさまは良いぞぉ。酒は飲めるし良い女を一杯紹介してくれる――」

「なります」

ダニーの決断は早かった。しかし、これは別に女に目が眩んだわけではないと断言しておく。あくまでもラムゼイのやり方に付いて行けなくなったのだ。

「交渉成立だな。これからよろしくな、ダニー」

「こちらこそ、ポールさま」

こうしていやらしい笑みを浮かべながらダニーはラムゼイたちを見限りポールたちの一味へと鞍替えをしたのであった。

王国歴550年5月10日

それからのダニーは充実した生活を送っていた。朝起きてポールたちと剣術の稽古を行い、昼には女と乳繰り合うために村へと出る。もちろんダニーの傍らにも女の子が座っていた。

「そろそろラムゼイたちを潰しに行くかぁ」

ワインを飲みながらそう言うポール。周りの取り巻きたちがそうだそうだと声を上げている中、一人だけ反対の声を上げた者がいた。それはダニーである。

「いや、まだ早いですよポールさま」

「あぁん？　早いって何がだ？」

「いやね、潰すんでしたら秋まで待ったほうが良いと思いますよ」

「そりゃどういう意味だ。おめぇ、まさか向こうに情けをかけてんじゃ――」

「違いますって。向こうも必死にライ麦やら豆やらを作ってるわけじゃないですか。それを根こそぎ奪ってから潰したほうがお得じゃないですか」

ダニーがそう言うとポールは確かにと小さく呟いた。周りの取り巻きたちも「確かに」や「なるほど」と呟いている。

「よし、じゃあ秋まで待ってやるとするか。それまでにアイツらをぶちのめせるよう稽古に励むぞ！」

「「おうっ！」」

ダニーのこの案でポールたちの士気は高まっていった。

◇

その一方でラムゼイたちは相変わらず村づくりに精を出していた。

エリックとラムゼイとロジャーがどこに家を建てるか話し合っている。

「ラムゼイ、村をどのように作ってくか考えてあんのか？」

「うん、簡単にはね。南側を村にして北側を畑にしようと思っているんだ」

そう言って地面に家をどう配置していくか記していく。畑と村の間を広場にして家を半円状に配置していく図だ。

西側には山が広がっている。伸ばして行くのは北と東、それから南しかない。

「まずは家を七軒建てたいね。どれくらいの木材がいるかな？」

「家のサイズは？」

「五人で暮らせる大きさで」

「そうだな……白樺の木を三十本くらい欲しいな」

そのエリックの言葉を聞いたロジャーが顔を曇らせる。

「三十本かぁ。今、ストックが二十本分しかないんだよねぇ」

「そんなの、直ぐに木を伐れば良いんじゃないのか？」

「前回は急だったけど、できれば木を乾燥させてから使ったほうが良いんだよぉ」

そう。拠点は直ぐに建ててしまったのだが、本来であれば木の水分を抜いて乾燥させた木を使わないと不具合が起きてしまう。主に伸縮や腐食が起きる原因となってしまうのだ。

「それに近くの状態の良い白樺は伐ってしまったんだよぉ。今はマツを植えてるけど形になるのはまだまだ先だねぇ」

「その状態が良くないヤツを伐るのはダメなのか？」

「止めたほうが良いと思うなぁ。土砂崩れの原因にもなっちゃうし」

ラムゼイはこのロジャーの意見を聞いて近くの白樺を用いるのは諦めることにする。その道のプロが止めたほうが良いというのであればラムゼイはそれに従うまでである。

「ここから一番近い白樺までどれくらい？」

「んー、ボクの足だと二十分は歩くかなぁ」

「じゃあ、そこの白樺を伐って保存しておこう。ちょっと木材は秋までに多めに用意しておきたいんだ」

「わかったぁ」

こうして作業を分担することにした。まず、エリックは家を建てる。そしてラムゼイが比較的細い白樺を伐る。最後にロジャーがマツを植えるのと太い白樺を伐るお仕事だ。

こうしてポール陣営、ラムゼイ陣営のそれぞれが思惑を抱えながら懇々と作業を行っていったのであった。

ラムゼイが領地をもらってからというもの、ラムゼイは毎日と言って良いほど木を伐っている。家を建てるのに必要な分は既に確保しており、今伐っているのは違う用途に使用するための木だ。それは他の全員にも同じことが言えた。ロジャーもマツと白樺を植えているし、エリックも家を建てている。それから農業カルテットも畑の世話に精を出している。

しかし、ここでエリックから思わぬ陳情が上がってきてしまったのだ。曰く、釘が足りないと。

「残りは何本あるの？」

「十本ないくらいだな。できる限り釘を使わないように進めているが、こればっかりは何ともな」

「いや、必要なのはわかってるから。むしろ早めに言ってくれてありがとう」

ラムゼイは木材の在庫を確認すると考えていたあることを行動に移すことにした。

まず、材木を運ぶための荷車をつくる。そして、それにラムゼイが牽けるギリギリの重さまで材木を載せる。

ラムゼイはこのバートレット領に住む全員を呼び寄せた。もちろん、この場にダニーはいない。

「みんなに報告があるんだけどちょっとボク、北に行って木材を売ってくるね」

「ああ。行ってらっしゃい」

ちょっとコンビニに行くような感覚で北上することを伝えるラムゼイ。皆もそれに応える。

「それじゃあキャシー。悪いんだけどみんなの食事をお願いね」

「はい」

実はウィリーの許嫁であるキャシーもこちらの領へと加わっていた。

既にウィリーとキャシーは二人で暮らし始めており、新婚生活真っただ中といった状況にある。

また、キャシーはこちらでは紅一点であるため、皆からちやほやされていた。本人も悪い気はしていないだろう。

ラムゼイは自身の軽食と水筒を持って荷車を懸命に牽くのであった。

進路は北。つまりヘンドリック辺境伯の領地である。そのヘンドリック辺境伯に会いに行こうというのだ。

辺境伯は領都のヘンドスにいる。バートレット領からだと朝から晩まで歩き通して到着する距離だ。

辺境伯の領地には直ぐに入ることができるが、領都のヘンドスまでは長い旅路になりそうだ。

身体に喝を入れて懸命に荷車を牽く。途中、上り坂で心が折れそうになるも、少しずつ着実に前進して行った。

流石にその日のうちに到着することはできなかった。

領都のヘンドスに到着したのは次の日の夕方であった。普通に歩くよりも二倍の時間が掛かってしまったのは仕方のないことだろう。

それに一人で行くのも間違いであった。一人で荷車を引くのは些か荷が重すぎたのだ。

「止まれぃ！　何しに……と見ればわかるな。材木屋か」

街の入口で衛兵に止められるもその様相から何しに来たのかを察されてしまう。

ラムゼイとしても材木を売りに来たので認識を改めずにそのまま材木屋で押し通すことにした。

「はい、ただ今日初めて任されたので街の様子がわからず。材木を買い取ってくれるお店はどの辺りにありますか？」

「運が良いな小僧。この門をくぐってすぐ横にあるぞ」

「ありがとうございます」

「驚くんじゃないぞ？」

門番にお礼を言って街の中へと入る。てっきり入場税でも取られるかと思ったのだが、何も言われなかった。

ラムゼイの次の人間はしっかりと入場税を払っていたのでおそらく何かしらのルールはあるのだろう。

中に入ったラムゼイは門番の忠告などお構いなしに驚いてしまった。これだけの賑わいを見たのはいつぶりだろうか。

街の中は人で溢れ返っており、右を見ても左を見ても人である。通りに並ぶ屋台からは威勢の良い声が鳴り響いていた。

そんな中、まずは邪魔な荷物を取っ払ってしまうために門番に言われた通り、材木を扱っているお店を訪れる。

「すいませーん」

「はいはいっと。あら、木材を売りに来たんか」

奥から出てきた小太りのおじさんがこちらを繁々と見る。頭頂部が少し薄くなっている辺り四十過ぎといったところだろう。

「はい、これらを買い取って欲しくて」

「はいよ。ちょっと待ちな」

慣れた手つきで運んできた木々の状態を観察していく。乾燥もしっかりとさせ、移動中も雨は降らなかったので状態は悪くないはずだ。

「この量にこの質、悪くないね。1000ルーベラってとこだな」

意外と高額と思われるかもしれないが、ずっと前からこの日のために木を伐り溜めていたのだ。

しかも状態を良くするために入念に乾燥させたのにこの価格である。これで領主に税として六割も七割も持って行かれたら堪ったものではない。

「もう一声！　ここまで運ぶの大変だったんだよ。それに状態も悪くないでしょ。頑張ったんだから」

「んー。じゃあ1200ルーベラだな。それでダメなら余所を当たってくれ」

「わかったよ。じゃあその金額で」

「あいよ。今用意するからちょっと待ちな」

　おじさんは奥から1200ルーベラが入った革袋をその袋ごとラムゼイに渡す。これでラムゼイの持ち金は1500ルーベラとなった。

「ありがとう」

「毎度。また頼むな」

　ラムゼイはお金を受け取った後、そのままの足で今度は仕立屋に入る。仕立屋に入ったからには服を仕立てるのだ。流石にこの格好で辺境伯と会うわけにはいかない。

「いらっしゃいませ。本日はどのような御用で？」

「服を仕立てて欲しい。例えばだがここの領主であるヘンドリック辺境伯にお会いしてもおかしくない服を」

「かしこまりました。生地などに要望はございますか？」

「……できるだけ安く済ませたい。仕立てにいくら掛かる？」

「そうですね。一番安い麻で仕立てるとして、200ルーベラというところでしょうか」

「わかった。どれくらいで完成する？」

「三日ほど見ていただければ」

　ラムゼイはその場で前金として半金を支払い引換券を受け取る。それから服のサイズを採寸して仕立屋を後にした。次に向かうは領主のお屋敷だ。門の前にいる二人の衛兵に話しかける。

「すみません。ハンス＝ルーゲル士爵の使いの者ですが、旦那様がヘンドリック辺境伯様にお目通り願いたいと」

「ふむ、わかった。しばし待っておれ」

　そう言い残すと衛兵の片方が屋敷の中に入っていった。その場で待機すること数分、戻ってきた衛兵はラムゼイにこう告げた。

「すまんな。我が主もお忙しく十日後であれば少しだけ時間が取れるようだ。それで構わないか？」

「はい、我が主も喜びます。ありがとうございます」

　そう言ってラムゼイはお屋敷の前を後にした。これでヘンドリック辺境伯とお会いする目途が立った。あとは道具屋へ行って必要なものを買って帰れば今回のやりたいことはすべて終わりだ。

　道具屋へ寄って釘を百本と塩、ライ麦を100ルーベラずつ買ってこの街を後にする。財布の中に残ったのは900ルーベラとなった。

　ヘンドリック辺境伯にもいくらか献上しないといけないと考えたラムゼイは無駄遣いをするべきではないと判断したのだ。

　その荷物を持って夜通し歩いて拠点に戻ったラムゼイはそのままベッドに倒れ込んで爆睡するのであった。

王国歴550年6月25日

ラムゼイは再びヘンドリック辺境伯領の領都であるヘンドスを訪れていた。理由はもちろんヘンドリック辺境伯に会うためである。

ただ、それだけのためにヘンドスへと行くのは勿体ないので、今回も材木を荷車に載せてロジャーと二人でヘンドスを訪れていた。前回、一人で向かって痛い目を見たのだ。ロジャーにも手伝ってもらうことにする。

今回も門番から入場税は取られなかった。やはり材木を売りに来ているというのが大きいのだとラムゼイは判断することにした。

「はー！　大きな街だねぇ」

「用事が終わったら見て回るとして、まずは材木を売り払ってしまおう」

今回も前回と同じ禿げかかっているおじさんのお店に木材を卸すことにした。二人掛かりで運んだので前回よりも荷の量は増えている。

「ほー。今日は一段と多く運んでくれたね」

「二人で運んできましたから」

「サクっと値段付けるからちょい待ち」

そう言って木の質を確認していく店主。ロジャーが自信を持って送り出した材木だ。そうそう買い叩かれたりはしないだろう。

「これだと2500ルーベラが良いとこだね」

「2500⁉　それは低すぎだよぉ」

提示された値段に難色を示したのは他の誰でもないロジャーであった。彼はこの木の量と質であれば3000ルーベラは固いとみていたのである。

しかし、蓋を開けてみれば七割にも満たない金額が付けられてしまったのだ。

「すまんなぁ。もう白樺の木は溢れるほど在庫があるんよ。お宅らの言いたいこともわかるけどな。出せて2700ルーベラ！　これで嫌だったら余所あたってくれ」

「……わかった。それで頼むよ」

不承不承と言う形ではあるが提示された金額を呑み込んだラムゼイ。背に腹は代えられないといったところだろう。このお店で荷車を預かってもらい、ロジャーを連れだって仕立屋へと向かう。

「これを」

「はいはい……ああ、ラムゼイ様でいらっしゃいますね。仕立てあがっておりますよ」

ラムゼイは仕立てあがったばかりの服を着せてもらう。サイズはぴったりで申し分ない。また、この格好であればヘンドリック辺境伯とお会いしてもおかしくはないだろう。

ラムゼイが今まで着ていたボロ服はロジャーに持ってもらうことにして辺境伯のお屋敷へ向かった。

そして前回と同じように衛兵に今回訪ねた理由を話す。

「ハンス＝ルーゲルの子、ラムゼイ＝ルーゲルです。父の名代として参上しました。お取次ぎ願いたい」

「ようこそ参られました、ラムゼイさま。少々お待ちを」

衛兵がお屋敷の中へと入っていく。ロジャーは心臓をバクバク言わせながらそのやり取りを眺めていた。そして、ラムゼイが貴族であることを再確認していたのであった。

「お待たせいたしました。どうぞ、こちらへ」

ラムゼイは中へと通されると侍女の後をついて行く。辺境伯と言うだけはあってとんでもない豪邸だ。玄関だけでラムゼイたちが一生懸命建てた拠点と同じくらいの広さがありそうだ。

「こちらへどうぞ」

たくさんある中の一室に通される。その部屋は質実剛健という言葉がぴったりくるだろう。華美な装飾はされていないのだがソファやテーブルのどれをとっても最高級のものが用いられていた。

その部屋で待つこと十数分、遠くからこちらへ向かってくる複数の足音が響いてきた。

そしてそのままドアが開かれる。ラムゼイは自身の背筋を正して起立した。

「待たせてすまなかったな」

「いいえ、とんでもございません閣下」

扉から現れたのは端正な顔つきをした三十に満たないであろう男性であった。後ろに護衛と執事が控えている辺り、彼がヘンドリック辺境伯なのだろう。

ラムゼイは跪いて首を垂れる。ロジャーなんかは最初から両膝をついて頭を下げていた。

「お初にお目に掛かります。ハンス＝ルーゲルの子、ラムゼイ＝ルーゲルでございます」

「よく来てくれた、ラムゼイ。私がダリル＝フォン＝ヘンドリックである。まあ掛け給え、用件を聞こう」

「失礼します」

ラムゼイは精一杯立ち居振る舞いを優雅にこなす。前世で商談をこなしていた彼からしてみれば造作もないことだろう。辺境伯も席に着くと侍女がワインをグラスに入れて持ってきてくれた。

「遠慮なく飲み給え」

「ありがとうございます。ですが、閣下もお忙しいご様子。さっそく本題に移らせていただきたく」

そう言ってラムゼイは一枚の書状を辺境伯ではなく控えている執事に手渡した。

何とも有能そうな執事で背筋はピンと伸びており無駄な動きが一切ない。

その有能そうな執事が書状の中身を改める。一通り読み終わってから執事は辺境伯に書状を手渡した。ダリルはその手紙を読み進めていく。

すると、だんだんと顔に失望がありありと浮かび上がってくるのがわかる。

「なるほど。君は三男だったのか。あれかね？　私のところで従士として働きたいと？」

そう言って読み終えた書状をラムゼイに投げ返す。

ラムゼイはそれを受け取らずに自身の考えをダリルを正面から捉えてまっすぐな瞳で見つめながら話した。

この書状というのはハンスがラムゼイに領地の北部を割譲することを約束した書状だ。これを見て従士という判断をダリルが下したのは、ラムゼイが本当に領地を経営するとは思っていないからである。

「いえ、そうではございません。私にとってはそちらも魅力的なのですが、私はこちらの道を選びました」

そう言ってラムゼイはロジャーに合図を出す。するとロジャーは事前に打ち合わせていた通り革袋を一つラムゼイに手渡した。

「私はその書状通り北側の土地を貰い、そこを自身の領地としました。姓もルーゲルからバートレットに改めて。つきましては閣下の庇護の末席に加えていただきたく」

ラムゼイはその革袋をそのまま執事に手渡す。なんてことはない。中身はただのお金だ。ざっと3000ルーベラほど入っている。

「なるほど。あいわかった。其方をラムゼイ＝バートレット士爵と認めよう。ただ我々の庇護下に入るのであれば相応の対価を求めるが、それは良いのかね？」

「ええ、もちろんです閣下。そちらに関しても詳細を詰めることができますれば、と」

ラムゼイとダリルが沈黙し視線だけが交差する。お互いがお互いを値踏みしている、そんな目線だ。

「今、村の規模はどれくらいかね？」

「村と呼べる規模すらございません。たった十人ばかりの集落ですので」

「なるほどなるほど……。では毎年30000ルーベラを我がヘンドリック家に収めるように。来年からで構わん」

ダリルが頭の中で算盤を弾いたようにラムゼイも頭の中で算盤を弾く。30000ルーベラとなれば毎月2500ルーベラを貯めなくてはならない。今切れるカードは材木と麦くらいだ。行けるのだろうか。

最初の年は材木で支払えるかもしれない。しかし、次の年からは怪しくなってくる。そんな気がしていた。

何もずっと材木で支払えば良いと思うかもしれないが木は有限だ。今は植えるペースを上回って伐っているのだ。

しかも、主力としている白樺も供給過多となり売れなくなってきている。かと言ってこの庇護下に入らないという選択肢はあるか？　いや、ないだろう。

ただ、収める税を下げてもらう交渉くらいはできる。そう考えていた。

「びた一文まけんぞ」

そのラムゼイの思考を読み取るかの如く、ダリルは先手を打って税の価格交渉の座には着かないことを宣言する。

こうなってはラムゼイとしても打つ手はない。大人しく白旗を上げることにした。

「かしこまりました。当家はその条件をお受けいたします」

「賢明な判断を嬉しく思うぞ。では話は終わりで良いか？」

ラムゼイが思案に耽っている間に執事が用意した書類にサインを記していくダリルとラムゼイ。二通用意され、それぞれが一通ずつ保管するのだ。

ダリルが話を終わりに持って行こうとするので、ラムゼイは直面している問題について助けを求めることにした。

「いえ、失礼ながらもう少々お時間を。もう一通だけ認めていただきたい書がございます。私どもに手出ししてはいけないという書状をルーゲル卿に」

「ほう、詳しく聞こうか」

ラムゼイはダリルに現状、起きていることを詳細に話した。長男であるポールと次男であるクーンがラムゼイを快く思っておらず、これを潰そうと画策していることを。

「なるほど。当家としても税収が減るのは喜ばしいことではないな。宜しい。直ぐに認めよう」

「それからもう一通、こちらは私宛てにいただきたいのですが、もし仮に万が一、兄であるポールとクーンが攻め込んできた場合、これを討ち取ってもお咎めにならない旨を」

「ふむ。向こうが『攻め込んで』来て『討ち取った』場合だな。それであれば何の問題もない。認めよう。そもそも、攻め込むなよと下達するのだ。破っただけで厳罰ものよ」

ダリルは書状をスラスラと認めていく。流石は上流貴族、書類仕事はお手のものらしい。最後に自身のサインを入れて完成だ。

「ほら、これを持って行くが良い。ルーゲル卿にはこちらから伝えておこう」

「ありがたき幸せ。では私どもはこれにて失礼いたします」

ラムゼイとウィリーは一礼してその場を後にした。足音を確認し、充分に遠ざかったと判断したダリルは隣にいる執事に声を掛ける。

「どう思う？　アンソニー」

「はっ。この程度の額で我々を動かそうなどと片腹痛いですな」

「そう言ってやるな。彼らとて必死なのだ。貴族たるもの受け止めてやる度量の大きさが必要だぞ」

ダリルは執事のアンソニーを軽く嗜める。アンソニーがヘンドリック家に忠誠を尽くしてくれているのは嬉しいのだが、それが行き過ぎてしまうのが玉に瑕だ。

「ただ税収が増えるのは大歓迎ですな」

「そうだな。認証と手紙のいくつかで毎年30000ルーベラ入ってくるのであれば悪い話ではない、か」

ヘンドリック辺境伯家にとって30000ルーベラなぞ端金に過ぎないが貰えるのであれば嬉しくないことはない。

この時はまだダリルとてラムゼイに何の期待も抱いていなかったのであった。

◇

ラムゼイはそのままダリルの屋敷を出るとロジャーを誘って大通りへと繰り出した。昼間のヘンドスは活気に溢れていた。

「ロジャー、どれが食べたい？」

「んー。どれも捨てがたいなぁ。あの、串焼きとあっちのスープと、このパンかなぁ」

今回は頑張ってくれた御礼だとラムゼイはその全てをロジャーにご馳走することにした。

ロジャーは広場にあるテーブルに陣取ると物凄い勢いで串焼きに齧り付く。ラムゼイもロジャーと同じく串焼きを味わっている。すると、物陰からこちらをじーっと見つめている視線に気が付いたのであった。ボロボロの服を着た類の痩せこけた少女がこちらを見ているのだ。

「ロジャー、あれ」

その少女を見るよう促すラムゼイ。その言葉に従い、ロジャーもそちらを見た。それだけでロジャーの眉が段々とハの字になっていく。

「ねえラムゼイ。何とかしてあげられないかなぁ？」

「えー。してあげたいのは山々だけどさぁ」

しかし、ラムゼイもその視線に抗うことができず、結局はその少女のもとへと向かうのであった。少女も二人の男がこちらに向かってくることに気が付いて身を強張らせる。最初に声を掛けたのはロジャーだった。

「お腹、減ってるの？」

その問いに小さく頷く少女。ロジャーは躊躇うことなく自身が食べていたスープをその少女に差し出した。

その行為にラムゼイは衝撃を受けた。あの食いしん坊のロジャーが自分の食べ物を分けてあげるなんて、そこまで胸を痛めていたのか、と。

「君みたいな子はこの街にたくさんいるの？」

そう尋ねるとまたしてもコクンと小さく頷く少女。ここでラムゼイは右手を顎の下に持って行き、何やら思案を始めるのであった。それから程なくしてロジャーに声を掛けるラムゼイ。

「ねえロジャー。この子たちを救いたいって言ったよね？」

「うん」

「皆を説得できる自信があるなら手はなくはないけど……」

「する！　オイラが説得するよぉ!!」

「良し、じゃあ腹は決まったな。ロジャー、似たような境遇の子を材木を買い取ってもらったお店の近くに集めておいてくれ」

「わかったぁ」

ここからは二手に分かれて行動を開始した。

まず、ロジャーのほうだが少女に先導されてヘンドスの街にあるスラムへと向かった。そこには物乞いに捨て子、それに路頭に迷った者が懸命にその日を生き抜いていた。

ロジャーは自身がつくづく恵まれていることを自覚する。一歩間違えれば自分があのスラムにいてもおかしくはないのだ。

そのスラムに居付いている人たち一人一人に声を掛けていく。何をどうするのかロジャーはわかっていなかったが、それでも懸命に声を掛けて一緒に来てもらうよう説得して回った。

一方のラムゼイはと言うとお店を巡っていた。何もショッピングを楽しんでいるわけではない。ライ麦を安く買い付けようと走り回っていたのだ。

できる限り安く大量に買い付けないと多くの人の命を救うことができない。だからラムゼイは懸命に交渉した。

「ライ麦を大樽で買うとなったらいくらだ?」

「樽代込みで500ルーベラってとこだね」

大樽というのは俗に言うパンチョンだ。容量はおよそ五〇〇リットルである。つまりこれだけで五十人もの人間が一か月間お腹いっぱいで暮らせる計算となる。

しかし、ラムゼイの手持ちは700ルーベラしかない。いや、さっきお昼を買ってしまったのでそれよりも足りないかもしれない。慌てて懐を確認する。どうやら700はありそうであった。

「二樽で700ルーベラ。これでなんとか譲ってくれない?」

「おいおい、そりゃ無茶だぜ坊主。900だな、これ以上は無理だ」

「んー、じゃあ大樽一つと中樽一つで700! これならどう?」

中樽と言うのはホッグスヘッドの樽を指している。こちらの中樽は大樽の半分である二五〇リットルの容量がある。

「うーん、まあそれだったら……」

「良し、交渉成立だね。じゃあ取りに来るから用意しといてね!!」

ラムゼイはある一つのお店と売買契約を交わして集合地点である材木を卸したお店へと走って行った。

まだロジャーは来ていないようだったので荷車を返してもらい、先ほどのお店へと戻る。

そこで大樽と中樽を荷車に載せてもらってお金を支払い再び待ち合わせ場所に戻った。

するとを今度はロジャーたちがそこに集まっていた。その数は老若男女を問わず八十人ほど。流石に材木を卸した店の店主も迷惑そうにしている。

「かなり集まったな」

「それだけ困ってる人がいるってことだよぉ」

ロジャーの言う通りだ。だがダリルとて全員を救うことは叶わない。これはいつの時代だってそうだろう。

なのでその救えない部分を微力ながらラムゼイたちが救おうという算段だ。もちろん、打算も少しは含まれているが。

「ボクはラムゼイ＝バートレット。このヘンドリック辺境伯領の南に位置するバートレット士爵領の主だ」

徐にラムゼイは話し始めた。それまで集められていた人たちがざわついていたが、ラムゼイがそう切り出すとしんと静かになりラムゼイの話を黙って聞いている。

「今、ボクの領では慢性的な人不足でね。ボクに協力してくれると言うのなら対価としてお腹いっぱいのご飯を約束しよう。どう？」

皆が困惑している中、一人の女性が手を挙げてラムゼイに質問した。

「あのー、協力とは一体何をすれば良いのでしょうか？」

「良い質問だね。真面目に働いて結婚して、自分のために一生懸命過ごしてくれればそれで良い。もちろん、ゆくゆくは少しの税は貰うけどね」

「本当に、本当にそれだけですか？」

女性の切実な声が聞こえてくる。ここでラムゼイを疑うのも無理はないだろう。だが本当にそれだけなのである。

ラムゼイはそれを証明するために懇々とわかりやすく集まってくれた人に説明を施した。

「ふむ。となると儂のような老人はお呼びではないというわけ、か」

「ご老人、お名前は？」

「アーチボルトと申す」

そう悲しい声を出したのは集まってくれた中にいるアーチボルトと名乗る一人の老人であった。確かにラムゼイの話を聞く限りでは若い力を欲している。事実、ラムゼイはそうであった。

もちろん、このようなことは決して許されるわけではない。だが、食糧にも限りがある以上、少しでも有用な人材を連れて帰りたいというのは領主としては賢明な判断と言えるだろう。

皆がラムゼイのほうを向いている。そうではないという答えを待っているのだ。もちろんロジャーも悲しそうな瞳でラムゼイを見つめていた。

そのラムゼイはアーチボルトという老人に対して、ある一つの気づきがあった。彼はゆっくりと口を開く。

「時にアーチボルト殿、もしかして武芸の心得がおありで？」

「ん？　よくわかったの。昔は傭兵としてブイブイ言わせておったのだが、それがもとで治らぬ怪我を患ってな。今ではこの有様じゃ」

アーチボルトの膝に大きな切り傷の痕が残っていた。これを見たラムゼイはもしやと思い尋ねてみたのだ。その話が本当なのであればスカウトするべきだと判断するラムゼイ。

「左様でしたか。生憎と我が領では戦える者が皆無なのです。是非とも我が領にて皆を鍛えてやってはくれませんか？」

そう言い放ち深く頭を下げるラムゼイ。その行為を目の当たりにしたアーチボルトはラムゼイの肩をぽんぽんと叩いて声を震わせながらこう言った。

「お、おお。なんと恐れ多い。こんな老骨で良ければ喜んでお力になりましょう、領主殿」

その二人のやり取りを見ていた群衆からは是非とも連れて行って欲しいと殺到され、ラムゼイとロジャーはその対応に追われる始末となった。

結果、集まってくれた八十六名のうち、七十三名がラムゼイたちと共にバートレット領へと向かうことを決断したのであった。

荷物を纏めて早朝に再度集合してもらうことにする。遠距離を歩けそうもない小さな子供やアーチボルトのような怪我や体調不良の者は荷車の空いているスペースに乗せることになった。

少しの怒りを込めてラムゼイは言い放つ。

「ロジャー、君が牽いてね。ボクは先に戻って皆に説明しておくから」

「えぇー」

そして無慈悲にもラムゼイはロジャーを置いて先に拠点へと帰ってしまったのであった。ロジャーの悲鳴だけが夕闇に木霊したという。

王国歴550年6月26日

ラムゼイは一足先に拠点に帰ると全員を集めて昨日あった出来事を掻い摘んで説明した。

「えー、皆に説明しないといけないことがある。まず、この領地だけど正式にヘンドリック辺境伯に認められました」

そう言った途端、方々から歓声が上がる。これで大手を振ってここはバートレット領だと言い張れるのだ。それを手で制して次の報告へと移るラムゼイ。

「それからポールとクーンがこちらに攻め込もうとしているって話だけど、それも止めるよう辺境伯からルーゲル士爵の許へ手紙が届けられます。破ったら厳罰に処されるので心配はないでしょう」

またも歓声があがる。特に心配していたエリックの喜びようと言ったら飛び跳ねながら指笛を鳴らす始末だ。

しかし、良い報告もあれば悪い報告もある。ラムゼイは次にそれを切り出した。

「それで悪い報告なんだけど……辺境伯に庇護を求めた結果、見返りとして毎年30000ルーベラを支払うことになりました。流石に今年は無理なので来年からだけど」

その報告を聞いて静まる一同。ただ、ルーゲル士爵領なんかは前に見せてもらった資料によると毎年6000ルーベラだったはずなので、そこよりは軽い税となっている。人口が違い過ぎるからだろう。

「それともう一つ、あー、これは悪い話かどうか分からないんだけど……」

「何だよ歯切れ悪いな」

「そーだそーだ！　この際だからドンと言っちまえ」

ラムゼイを囃し立てるエリックとウィリー。これも深い付き合いがあるから言える言葉だろう。ラムゼイはその言葉に背中を押されて勇気をもって告げた。

「この領に沢山の人が来ます」

◇

「つまり、ラムゼイとロジャーはその物乞いたちに絆されてオレたち皆の金で食糧を買って連れてくる、と」

「えーと、はい。もちろん、皆には然る後に正当な報酬を支払いたい所存であり――」

ラムゼイは政治家のような弁明を誰に頼まれたわけでもないのに延々と続けていた。まあ、領主だからある意味では政治家であるのだが。

慌てるラムゼイを余所に皆から返ってきた答えは意外なものであった。

「まぁ、良いんじゃねーか？」

「人助けだしな。それで村が賑やかになるなら良いべ」

「もちろん女の子もいるよな？　よーっし、彼女ができそうな気がしてきたぜ」

ラムゼイの心配は杞憂に終わり、それぞれがこれから来るであろう移民たちを受け入れる準備をし始めた。

まずは食事の準備。これはラムゼイとキャシーが率先して行っている。

空腹時にいきなり食べ物を胃の中に入れると死んでしまう恐れがあるため、ライ麦の粥を準備しておく。味付けはシンプルに塩だけだ。

農業カルテットはウィリーが畑の世話をして、ヘンリーが山に湧水を汲みに行っていた。

ゴードンとチャーリーはこれから人が増えると聞き、急いで陶器の器と木のスプーンを作っていく。

エリックは特別なことをしない。ただ黙々と家を建てていっていた。

「そのロジャーたちはいつごろ到着するんだ？」

「早朝に出ると思うから夕方……いや、夜だろうな」

いくら日が長くなっているとはいえ体力が落ちている者も多くいる。すると必然的に行進速度が遅くなると言うものだ。

「ひえー。こりゃ間に合うかなぁ」

「いや、間に合うわけないだろ。三人で一つの器を使ってもらうなり工夫すれば良いんだよ」

「仕方ないわね、私も手伝うわ。皆で頑張りましょ」

こうしてラムゼイたちはロジャーたちが到着するのを今や遅しと待っていたのであった。

陽が落ちて辺りが暗くなったころ、心配になったラムゼイはエリックとゴードンを連れて北へと歩いていた。

辺りの明かりは手に持っている松明以外に何もなく、星が綺麗に輝いている。

「本当に来てんのか？」

そう呟くエリック。みんなの心に不安が芽生えたその時だった。遠くから足音が微かに聞こえてきた。

一人や二人じゃなく、何十人もの人が歩いている足音だ。

松明を持って駆け寄る三人。それは待ち望んでいたロジャーの一団であった。

「ロジャー！　もう遅いぞ、心配したんだからな‼」

「そんなこと言ったってぇ。重たいんだよ、この荷車。代わってよエリックぅ」

そう指名されたエリックはと言うと既に女の子に粉を掛けていた。どうやらコレ目的でラムゼイたちに付いてきたらしい。

「お嬢さん、大丈夫ですか？　遠いところ我が『バートレット村』へようこそ」

「え？　あ、ああ、どうも」

いきなりの歓迎に声を掛けられた女の子も引き気味だ。そんなエリックは無視してゴードンとラムゼイとロジャーの三人で話を進めていく。

「体調が悪い者や負傷者はいないか？」

「うんー。今のところ大丈夫だよぉ。ちょっと疲れたり気分が悪い人は荷車に乗ってもらってるけど横になれば大丈夫だってぇ」

三人で荷車を押していき、一人も欠けることなく何とかバートレット村に到着することができたのであった。

王国歴550年7月1日

「何か御用ですか？　父上」

「来たか。これを読みなさい」

ポールとクーンは父であるハンスに呼び出されていた。そして一通の手紙を手渡される。差出人がヘンドリック辺境伯であることを封蝋が表していた。ポールは丸まっている手紙を広げて目を通す。

「――っ!!」

そこにはポールにとって衝撃的な内容が記載されていた。ラムゼイを士爵として認めること、そしてそれに手出ししてはならないことが厳命として認められていたのだ。

「抗議しましょう！　父上!!」

断固として反対の意を示すポール。投げ捨てられた書状を拾い上げてクーンも目を通していた。

怒髪天を衝くポールとは対照的にハンスは冷静そのものであった。

「抗議？　馬鹿なことを申すな。何をどう抗議せよと言うのだ」

確かにハンスの言う通り抗議する粗がない。手出しさせろという抗議を行えとでも言うのであろうか。それであれば始めから領地など与えずに殺しておけとでも言われるだろう。

「～～っ！　ですが勝手に領地を使っている――」

「あれは私が正式に譲った土地だ。使ってない土地を渡しただけに過ぎん」

こうなってしまってはどうすることもできない。ポールは怒りに身を任せて父の前を後にした。クーンも慌ててその後を追っていく。

一方のハンスは嬉しそうな笑みを浮かべた。そしてラムゼイが上手く行っていることに安堵していたのだ。

流石に自分の息子である。失敗するよりは成功して欲しいと願うのが親ではないだろうか。

こうしてみると色々なことが線となって見えてくる。領地を割譲したという証書が欲しいと言ったのはこの時のためであったのか。我が子ながら先見の明には驚かされる。

このことをヘレナにも伝えてやろうとハンスは席を立つのであった。

◇

「畜生、畜生、畜生ーっ!!」

ポールは隠れ家で荒んでいた。あと一か月もすればラムゼイの所に乗り込んで今まで築き上げたものを滅茶苦茶に踏みつぶしてやろうと考えていた矢先にこれである。

もうこうなってしまっては正攻法では行動に移すこともままならない。何か良い案はないかと周りに尋ねるも沈黙するばかりだ。

「ホントお前たちは役に立たねぇなぁっ!!」

近くにあった椅子を蹴り飛ばすポール。肩で息をして呼吸が収まるのを待つと一言。

「飲みに行くぞ」

そう言ってぞろぞろと手下を連れて隠れ家を後にするのであった。

ところが、そこから去ろうとしない男が一人いた。何を隠そうダニーである。

この報告を聞いたダニーは前々から準備していた作戦を実行に移すことにした。

まず、予め声を掛けて懐柔していた人物であるオズマに声を掛ける。

「よし、じゃあやっちまうぞ」

「了解だ」

オズマは狩人の子で自身も狩りを生業としていた。そのためか身体つきも良く何より背が高かった。短髪に切り揃えた髪が彼には良く似合っており、どこへ行っても羨望の眼差しで見られることが多かった。

そして、そのために兄から睨まれて過ごしていたという不遇のもとに生まれた男である。

そのオズマと隠れ家にある武器や防具、それから金目のものを根こそぎ荷車に乗せると二人は別行動をとった。

まず、オズマのほうであるが彼は荷車を牽いて一目散にバートレット村を目指した。それからダニーはと言うと自身の彼女であるコレットに事情を説明していた。

「――というわけでオレはやっぱりラムゼイのもとへと戻ることにする。その、良かったら一緒に来ないか？」

「そうね。んー、即答できないわ。少し考えさせて。じゃね」

そう言って扉を閉められてしまったダニー。しかし、ここで傷心に浸っている暇はない。次にやることはと言うと皆の彼女回りだ。

ゴードンやチャーリーの許嫁や彼女のもとを回り、バートレット村まで案内するという役目である。

「すぐ行くわ！　ちょっと待ってて」

「もちろん行くわよ」

「やっとね！　ホント待たせるんだから」

ロジャー、ゴードン、チャーリーの彼女たち全員が一緒にバートレット村へ行くことを了承した。

この事実がダニーの心をさらに傷つけていく。

ダニーは夕方には三人を伴ってバートレット村へと歩を進めていたのであった。

◇

ポールがそれに気が付いたのは翌日の昼過ぎであった。

何気なしに隠れ家へ足を運んでみると綺麗さっぱり何もかもがなくなっていたのである。

直ぐに全員を招集する。すると、連絡が取れない男が二人。ダニーとオズマである。

村のどこを捜してもこの二人は見つからなかった。となると考えられる可能性はたった一つしかない。

「あの野郎っ！　舐めくさった真似しやがって!!　絶対にぶち殺してやるぅっ!!」

王国歴550年7月2日

「へぶっ」

ラムゼイは何者かに頬を叩かれ、その痛みで目を覚ました。ゆっくりと目を開ける。そこには見知った顔と見知らぬ顔がこちらを見下ろしていた。

「ダニー！　やっと戻ったのか」

「へへっ！　待たせたな。お土産もたんまり持ってきたぜ。それとこいつ、オズマってんだ」

「オズマだ。狩りなら任せてくれ。よろしく」

オズマは握手の手を差し出す。ラムゼイはその手に応え、こちらからも手を差し伸ばした。寝たままで。

ダニーが戻ってきたという報告はバートレットの古参メンバーたちの間に瞬く間に広がっていった。皆が次々と集まってくる。

「ダニー！　おかえり！　全く、お前が裏切ったって聞いた時はビックリしたぞ」

ゴードンがダニーに抱きつきながら話す。どうやらダニーもまんざらではなさそうだ。

実はダニーの裏切りはラムゼイが仕組んだものであった。そうしてダニーをポールの許へと送り込み、時間を稼いでもらっていたのだ。

この裏切りを知っていたのはラムゼイとダニーを除いてエリックだけであった。ゴードンたちはこの目論見を最近になってラムゼイから教えてもらっていた。

「ただいま。ほら、言うだろ？　敵を欺くにはまず味方からってな。それよりも、オレがいない間に人が増えたなー」

「おいダニー。この荷車のコレは何だ？」

「あー、それはポールたちのとこから掻っ払ってきたんだ」

荷台の上には弓が二つと矢が二十本、それから槍が三本に剣が三振り置いてあった。その他にも革で作られた防具が六セットも積まれていた。

「流石はダニー。頼もしいね」

「へへっ、だろ？」

「ついでにこの領土の兵士長にでもなってもらうかな」

「応よ！　ってえ？　へいしちょう？」

その時、ちょうど後ろをアーチボルトが通ったのをラムゼイは見逃さなかった。声を掛けてこちらへと呼び出す。

「どうしましたですじゃ。領主殿」

「紹介しておくよ。我が領の兵士長になる予定のダニーだ。ビシバシと鍛えて欲しい。ダニー、アーチボルト翁の言うことを聞くんだぞ」

「え？　え？」

事情がわからないといったダニーを置いてラムゼイはスタコラとその場を後にした。

しかし、その後にダニーによって「領主も護身できないとダメだ」と言い包められたアーチボルトがラムゼイを襲うのであった。

バートレット英雄譚

第三章

王国歴550年7月3日

バートレット領が誕生して早くも四か月が過ぎていた。段々と村の様相を垣間見せている。

人口も九十人近くまで膨れ上がり、賑わいも見せていた。

移民たちの家は建築が追い付いていないが食事のお陰で健康状態は戻りつつある。

ラムゼイは移り住んできた人たちの戸籍を作ることにした。一人一人声を掛けて名前と年齢と性別を尋ねていく。

これでおおよその収穫量が測れるようになるはずだとラムゼイは考えていた。また、賦役の作業量も考えることができる。

ただ、村からいなくなる際は申告しなければならない手間は増えてしまった。

それから大人にはどんな仕事ができるのかも併せて尋ねていった。

移ってきたのは子どもが十四人。大人が五十九人であり、そのうち二人が老人だ。

男女比は男性が三十人、女性が四十三人と女性のほうが多めである。

そして大人の中には農業経験者が三十人、針子が三人、それから鍛冶師が一人である。残りは荷運びなどの簡単な軽作業で生計を立てていたということであった。

当然、農業経験者は農業に従事してもらうことにした。ここは土地の分配など、うちの農業カルテットに一任する。

できる限り小作人は作りたくないので頑張って開墾してもらおう。それから農業に関しては専業制で行っていくことにした。

ウィリーがライ麦担当でゴードンが葡萄担当、ヘンリーが豆担当でチャーリーがカブと玉ねぎ担当だ。

経験者をそれぞれ必要な人数に配分していく。

針子の三人はそのまま針子でいてもらいたいのだが肝心の布がない。布を仕入れたいが肝心のお金がない。

となると布を作るしかないが、お金がないから機織り機を買うこともできない。

仕方がないので当面は麻の採取に励んでもらうこととなった。

それとロジャーとエリックとオズマの下にもそれぞれ二人ずつ弟子をつけることにした。これで作業の一助になってくれるはずである。

それと兵士見習いとして五人を選出してもらった。村を守るために最低限の戦力は保持していたほうが良いとアーチボルトに説かれたからだ。

鍛冶師には剣やナイフなどの刃物と鍬や鋤などの農具を作ってもらうことにする。

しかし、まだ鍛冶場を作ることができない。鍛冶場ができたらお願いすることにしよう。

問題は軽作業などに従事していた者だ。

考え抜いた結果、残りは農業に従事してもらうことにした。第一次産業が成り立たないと人は死んでしまう。幸いまだ土地は余っているのだからこの際にどんどん耕すことにしよう。

今年は全員がラムゼイの元に集い、一致団結して村を盛り立てて行ったのであった。

ラムゼイはこの平穏を享受していた。

彼は始めからこのような生活を送りたかったのである。

あとは、村をどう広げていくかを地図を広げてゆっくりと検討している。

それから領に特産物なんかも作りたいなど、あれもこれも考えていた。

しかし、彼の平穏も長くは続かない。

元来、一難が去るとまた一難やってくるとは良く言ったもので、また彼を悩ませる問題が発生するのであった。

王国歴550年7月14日

「あのー、ラムゼイさん。ちょっとお話が……」

「はい、なんでしょうか」

ラムゼイはキャシーに呼び出されていた。そのキャシーの後ろにはゴードンの彼女であるティナとロジャーの許嫁であるデボラもいる。ラムゼイはなんだか嫌な予感がしていた。

連れてこられたのはラムゼイが一番最初に寝泊まりするために使っていた小さな小屋である。いまではここは食糧庫と化していた。

キャシーがその中を開けて見せてくれた。そこにあったのはライ麦があと一袋だけである。

「この量だと、あと十日も持ちませんわ」

確かにキャシーの言う通りであった。九十人近くがライ麦一袋で一か月持つわけがない。ラムゼイはティナにお願いして農業カルテットを呼んできてもらうことにした。

「これでも切り詰めて使っているの。それでももう限界よ」

ライ麦は順調に育っているのはラムゼイも知っている。あとはどれくらいで収穫ができるかであった。

そこへ呼び出された農業カルテットとティナが戻ってきた。

「呼んだか？　ラムゼイ」

「うん、ちょっと皆に聞きたいことがあって。今実っている作物だけど、いつ頃収穫できそうかな」

「んー、ライ麦は八月の半ばってとこだな。んだども収穫量は期待してくれて良いぞ」

「豆は八月の頭には収穫できると思うよ」

「葡萄はまだまだダメだなぁ。期待しないで気長に待ってくれ」

「カブはもうそろそろ収穫できるよ。今回は植えるのが遅かったから今時期になっちゃったけどね」

チャーリーがそう言った途端、ラムゼイと女子全員がチャーリーを見た。普通に見ただけだったのだが、何故だか猛禽類に狙われたような感覚だったとチャーリーは語っていた。

「え？　何？　どうかしたの？」

慌てて出したチャーリーに食糧庫を見せるラムゼイ。それから訳も併せて説明しだした。

「ご覧の通り食べ物が底をついてね。カブが収穫できるのならありがたいんだけど」

「ああ、そう言うことだったのか。本来なら四月の頭に植えて年に三回は栽培できるようにしたかったんだけど、今年は植えるのが遅かったからさ、今回と十一月の頭の二回しか――」

「ごめん、蘊蓄は後でラムゼイがゆっくりと聞いてくれるから。それよりもどれくらいの収穫が見込めそうなの？」

キャシーがそう言ってチャーリーの話の腰を折る。今知りたいのはそんな情報ではないのだ。

「うーん、そうだなぁ。皆で食べることを考えると一か月分くらいかなぁ」

「一か月……。となると八月の半ばくらいね」

「そのころなら豆が実っているから大丈夫だと思うよ」

「その後にはライ麦もあるし、なんとかなりそうね」

「ただカブだけで半月ってのはちょっと……」

「確かに。山菜とオズマさんに頼るしかないわね」

チャーリーの話を聞いた途端、女子たちだけで話がぽんぽんと進んでいく。ラムゼイも農業カルテットも置いてきぼりだ。

とりあえず、村の食糧危機だということを理解したラムゼイ。何とか対策が立てられないかと奔走するのであった。

まず最初に向かったのはもちろんオズマのところだ。日中はどこにいるか見当もつかなかったので、狩りから戻ってきた夜に話を持ちかけた。

「オズマ、ちょっと良い？」

「ん？　おや、これは領主様ではございませんか」

「止めてよ。普通にラムゼイって呼んでくれ」

「そうか？　じゃあ遠慮なく。何か用か、ラムゼイ」

「うん。実は食料が底を突きそうなんだ」

ラムゼイは昼間の出来事をオズマに伝えた。このままでは毎日がカブのみになってしまうということを。

もちろん、山に入っている連中がベリーや山菜を採ってきてくれるので本当にカブのみになることはないが、味気ないのは確かだ。

「なるほどな。ただこの人数だろ？　それを賄うとなりゃデカい猪でも狙う他ないな」

「狙おうと思って狙えるの？」

「そりゃある程度はな。猪は図体がでかいからな。意外と痕跡が残ったりするもんだぜ」

オズマが言うには猪は木に身体を擦り付けた時に毛が付着したり、木の枝を踏んだ際に枝の皮が剥がれたりしているらしい。それがだんだんと見極められるようになるのだと。

しかし、こればっかりはオズマの腕に頼るしかない。そこでラムゼイは違う解決方法を模索することにした。

それは魚釣りである。東に行くとこのマデューク王国の直轄地との境界にテス川という川が流れている。

そこでラムゼイは石打漁を行うことにした。石打漁というのは水中の大石に別の石を強くぶつけることで水中の魚を麻痺させ、浮いてきた魚を拾い集める漁法だ。

しかし、石打漁は周辺の魚が獲れすぎてしまうため、生態系を崩しかねないが背に腹は代えられない。

ラムゼイは荷車を牽いて川べりにやってきた。想像以上に川幅が広い。百メートルはあるだろう。まずはズボンを捲り上げてから手頃な石を探し出して腰に力を入れて持ち上げる。

「ふんぬっ！」

それから打ち付ける水中の大石を探し出し始めた。川の中に足を突っ込む。ラムゼイは先に水中にある大石を探しておけば良かったと後悔するも時すでに遅し。

なんとか石を見つけたラムゼイは腕の力を抜いて大石を離した。ズンと鈍い音がする。それから一匹、二匹と魚がぷかぷかと浮いてき始めた。

「うん、これで食事には困らなそうだな」

結果はもちろん大漁。気分が良くなったラムゼイは折角なので水浴びも川で済ませてしまおうと、服のまま勢いよく飛び込んだ。

季節は七月の半ば。気温も高くなってきておりずぶ濡れになったとしてもすぐに乾くだろうという判断からだ。

存分に水浴びをしたラムゼイは魚を新鮮なうちに届けるべく急いで家路につく。

「おーい。魚を獲ってきたよー」

「あーおかえりー」

意気揚々と帰ってきたつもりだったのだが、皆の反応が芳しくない。なんと言うか淡白なのだ。

ラムゼイが疑問に思っているとキャシーとダニーがこちらに駆け寄って来てこう言った。キャシーは嬉々とした表情で、ダニーは苦笑いを浮かべてこちらに向かって来ている。

「ちょっと！　どこぶらついていたの？　オズマが大物の猪を狩って来てくれて凄いんだから！」

「いや、あの、ボクも魚を――」

「あー、助かるわぁ」

キャシーはラムゼイの話など耳に入って来ていないのだろう。恍惚の表情を浮かべながら猪のほうへと去っていった。

「ボクも、頑張ったのに」

「まあ、なんだ。タイミングが悪かったんだ。そう気を落とすな」

そう言ってラムゼイの肩を叩くダニー。食糧難は乗り切れそうだったのだが、なんだか釈然としないラムゼイだったのであった。

王国歴550年8月2日

春に蒔いたライ麦が金色に輝いて首を垂れる季節となった。豊作と言っても過言ではない実り具合である。

「そろそろ収穫しても良いの？」

「いんや、まだまだ。もう少し寝かせたほうが実がふっくらすんべ」

PICH!...

「そっか。じゃあその辺りの判断はウィリーに任せるよ。収穫は手伝うから声を掛けてね」

「わかった」

ラムゼイはそのまま豆畑のへと移動する。こちらも良く実っているようだ。

豆畑では収穫が始まっていた。ヘンリーに声を掛ける。

「やあヘンリー。どう？」

「いやー、良い実り具合だよラムゼイ。期待していてくれ」

「それは良かった。畑の拡張に関しては？」

「それも上手く割り振れているよ。後で割り振った後の地図を持って行くから見てくれ」

「わかった。ボクも手伝って良い？」

「いやいや！　人手は充分にあるからラムゼイはゆっくりしててよ。なんたってオレらの領主なんだから」

手伝いの申し出をまたもややんわりと断られてしまった。何を隠そう、ラムゼイは暇なのである。戸籍は作り終わって村の拡張計画も練り終わった。ロジャーやエリックにも弟子が付いてしまったのでラムゼイが手伝うこともできず、ここ二、三日は見回りと称しては辺りをぶらぶらしている日々であった。

しかし、それを見逃さない男がいた。ダニーである。後ろからそーっとラムゼイに忍び寄るとガッシリと双肩を掴んだ。

「え、何？」

「いよーぅ、ラムゼイ。知ってるぞぉ。ヒマなんだろ？」

　そのダニーの不敵な笑みに一筋の汗が背中を流れた。本能が警鐘を鳴らしているのだ。ダニーの後ろに控えている五人の兵士見習いもにっこりと笑みを浮かべていた。

「いやぁー、ごめん。実はやることが――」

「はぁーい。一名様、ごっ案内ー！」

　ラムゼイは抵抗虚しくダニーとその手下五人に捕まってしまったのである。連れてこられた先はもちろんアーチボルトのもとだ。ダニーが背筋を伸ばして元気よく報告する。

「教官！　本日からはラムゼイも参加したいと申しております！」

「ちが――むぐぅ」

　ラムゼイは否定しようと即座に声を上げたが、ダニーの指示により後ろに控えていた兵士見習いに口を押さえ込まれてしまう。

「おお！　そうかそうか。領主たるもの戦えんで領民は守れんからの。良い心掛けじゃ」

　こう言われてはラムゼイに返す言葉はない。諦めて大人しくアーチボルトの指示に従うこととなった。

　しかし、ラムゼイは早くもそれを後悔した。訓練が異様に厳しいのだ。

　まず、鎧と楯を身に纏って村の周りを走らされる始末。この鎧が重いのなんの。革ってこんなに重いのかと改めて認識させられるくらいだ。

　その後は木剣で素振りを延々と行う。どれくらい行うのかというと正しいフォームが身に着くまでである。

そんなもの、当然すぐに身に着くわけもなく、かれこれ一か月ほど走っては素振りを繰り返していた。

それでもフォームが完璧になったというわけではない。あくまでも様になってきたというレベルである。

それからは訓練のメニューに木剣を使っての一対一の実戦形式の訓練が加わるようになってきた。

これを何度も繰り返す。横薙ぎの対処法、袈裟斬りの対処法などを一つ一つ身体に染み込ませていくのだ。

「絶対に恨むからな。ダニーッ！」

「へん！　オレはお前を恨んだままだぜ、ラムゼイィ！」

そんな言い合いをしながら模擬戦を戦っていくラムゼイとダニー。ここだけ気迫は本当の戦闘さながらだ。

そんな二人の模擬戦は両者相打ち、ダブルノックアウトという形で幕を閉じたのであった。

王国歴550年10月15日

「酒だぁっ！　酒を持ってこい‼」

ポールはルーゲル村の小さな居酒屋で薄いエールを大量に持って来させていた。ここ最近は毎日のように呑んだくれており、村人たちは彼らの唯一の心の拠り所である居酒屋に近寄れないでいた。

「すみません。もうエールが……」

「あぁ!? エールがなかったらワインでもミードでもなんでも持ってこい馬鹿野郎ぅ！」

ポールは酒に飲まれて酩酊している様子であった。そして、そんな彼を諌める者は周囲に誰もいなかった。

「うー。何とかしてラムゼイの野郎をギャフンと言わせることはできねぇのか！」

誰もが沈黙するばかりであったが、ある一人の男がポールの質問に対しておずおずと答えた。その男はポールの腰巾着と周りから呼ばれていた阿呆のイヴァンであった。

「あのー、ポールさま？」

「なんだイヴァン」

「そんなにイヤならラムゼイの野郎をメタメタに殺しにしてやれば良いんでねぇですか？」

「イヴァンはアホだな。それを親父どころかその上に止められてるから参ってるんじゃねぇか」

そう言って空になったグラスをイヴァンに投げつける。幸い、グラスは木製で当たったとしても大事には至らない。だから気安く投げてしまうのだろうが。

「ひぇっ！ そりゃポールさまが禁止されているだけであってオレらは禁止されちゃいませんよね……」

荒れているポールに怯えながら答えるイヴァン。しかし、そのイヴァンの答えがしかめっ面のポールの口角を段々と上向かせていったのであった。

「なるほど……なるほど！　その手があったか。いや、そうだな。待てよ。そうすればオレも加わることができるぞ！　うわはははははっ!!」

訳がわからない取り巻きたち。ただ、ポールの機嫌が良くなったことは喜ばしいことである。ポールは機嫌が良くなったついでに自身が思いついた計画を口にし始めた。

「簡単なことだ！　オレたちが盗賊に扮して奴らの拠点を襲いに行けば良いんだ！　なんでこんな簡単なことを思いつかなかったのか。全くもってオレはバカだな。今は武器も防具も何もないからな。急いで準備するぞ！」

ポールたちの資源はダニーに奪われてしまったので今は何もない状況だ。一から集めなおさなければならない。

「それはわかったけど……襲撃の時期はいつにするんだ？」

「雪が溶けてからだ」

「えー。すぐにやっちまいましょうよ。ポールさぁん」

そう言ったのはポールの手下の中でも一、二を争うほどの狂犬として知られているトニーだ。また、トニー自身もこの村では最強であることを自負していた。少し学が足りないのが難点であるが。

そのトニーが自慢の筋肉を酷使したいと言わんばかりにポールに懇願し始めたのだ。

「だから武器も防具もねぇって言ってんだろ！　その準備には少なくとも三ヶ月はかかる。それにもうすぐ雪が降っちまう。雪が積もっちまうと、何かと燃やしにくいだろ？」

不敵な笑みを浮かべるポール。それにつられてトニーも笑みをこぼした。

こうして、バートレット領を徹底的に破壊する計画が着々と練られていったのであった。

バートレット英雄譚

第四章

王国歴550年11月3日

この領にもうすぐ冬が訪れる。十二月の半ばになると雪が積もって根雪となるだろう。そうなる前にヘンドスへと買い出しに向かうためラムゼイは出かける準備をしていた。

今回の買い出しは今までに伐った木を売って食料と布を買おうという算段である。

とはいえ、これから越冬するにあたって薪を用意しておかないといけないので、売る材木の本数は慎重に計算しないといけない。

取っておく材木を差し引いてもそれなりの数を揃えることができた。お陰で一人では到底運べそうもない。

「仕方ねぇな！　護衛も兼ねてオレが運ぶのを手伝ってやるよ」

立候補してくれたのはダニーだ。腰に差している剣をぽんぽんと叩く。ただ彼のことだ。それは建前で本音は街に繰り出したいだけだろう。

今回は二人掛かりでも運ぶのが厳しそうな量である。最低でももう一人は連れて行きたい。

「面白そうだな。オレも連れてってくれよ」

そう言いだしたのはエリックである。本音を言うと少しでも早く一軒でも多くの家を建てて欲しいところだが、偶には彼にも息抜きが必要だろう。

「それじゃあエリックにも手伝ってもらおうかな」

ラムゼイたちは朝食をお腹に収めた後、ヘンドス目指して昨日のうちに準備していた荷車を牽いて行った。

荷車を三人で牽いたとしてもその日のうちに到着することはできず、交代で仮眠を取りながらヘンドスへと向かい、着いたのは翌朝になってからであった。

いつも通り入場税を払わずに街の中に入ると、そのまま行きつけの材木屋に直行した。

「すいませーん。木材を売りたいんですけど」

「はいはい。おー、こりゃまた大量に持って来てくれましたね。相変わらず良い質の木を持って来てくれて、こちらとしても大助かりです。……これであれば9000ルーベラで買い取りましょう」

「んー。それであればキリ良く10000ルーベラで！」

そう切り替えしたのはダニーだ。一方のラムゼイは白樺は供給過多で値が下がっていると聞いていたので価格交渉をするつもりはなかった。

「むむむっ。仕方ありませんな。それで手を打ちましょう」

なんと商人の方が折れて、それで合意してしまったのだ。

不思議に思い、理由を問いただすラムゼイ。店主は理由を話すことを最初は渋っていたものの、根負けしてぽつぽつとその訳を話し始めた。

「ヘンドリック辺境伯さまが木材を買い占めて行ってしまって品薄なんですわ。どんな木材でも良いので仕入れるだけ仕入れたいところですな」

何やらダリルが木材を大量に買い占めているようだ。辺境伯家ともなれば薪の消費が激しいのだろうか。

しかし、例年の三倍近くを買い込んでいるという話なので、薪が足りていないというわけではないのだろう。

こんなことならもっと吹っ掛けておけば良かったと思う三人。ただ、木材を売る前であればこの情報は出てこなかっただろうが。

「ふーん、ま良いや。買い取ってくれてサンキュな」

ダニーがそう言って木材卸しの道具屋を後にする。後はこのお金で食糧と布を仕入れるだけだ。三人連なって通りをぶらぶらと歩いていく。

「ねぇダニー。なんか面白いものでもある？」

「特になんもねぇな。エリックは欲しい物はあるか？」

「んー……。欲しいってわけじゃねぇけど」

エリックの歯切れが悪くなる。何をじっと見ているのかとラムゼイとダニーが後ろから覗いてみると真っ黒な木の塊であった。木炭である。

「はー、炭ってこんなに高いんだな」

「そりゃ、これから冬支度で需要が高まるからね。どこも値段を上げてるでしょ」

賢い家庭は夏のうちに買い置きしておくなり薪を拾っておくなりしている。それを怠った間抜けを商人たちは狙い撃ちしているのだ。

「なあ、炭ってウチでもつくれるのか？」

「そうだね。……うん、作れると思う」

ラムゼイは炭の作り方を思い出していた。定かに覚えているわけではないが、テレビ番組で某アイドルグループが昔ながらの炭竈をつくって炭を大量に作り出しているのを観た記憶がある。

「だったらウチでも炭をつくろうぜ」

「待てよ。炭なんて作るメリットあんのか？　薪で良いだろ」

「はぁ。見てわかんないかなー。炭は、高く、売れるの。オッケー？」

「いやいや、炭にしなくても木材が不足してんだから高く買い取ってくれるだろ。労力の無駄じゃね？」

炭を作ろうと盛り上がるエリックに対し、懐疑的な目を向けるダニー。両者の言い分はそれぞれ尤もである。

これに仲裁を下すのが領主であるラムゼイの役目だ。二人は散々に言い合った後、ラムゼイに視線を向けた。

「んー。悩ましいけど今は止めておこうか」

確かに炭を作ることはできる。できるが生半可な出来だと爆跳してしまう可能性が高い。

それに薪と木炭の違いは煙が出るか出ないかの違いで燃焼時間が伸びるわけではない。

それであれば煙が立ち昇るほうが一酸化炭素中毒予防の観点から見ても安全だと判断したのである。

木炭は煙が出ない分、一酸化炭素中毒に気づきにくいのだ。前世では七輪による一酸化炭素中毒の死亡例が何度もニュースで流れていた。

「まあ余裕があったら少し作ってみようか。作り方を学んで損はないし」

炭薪論争は一旦の終着を見せたのであった。

それからライ麦を大樽で十個。布を十反購入して合計で7500ルーベラも使ってしまった。これで残りは2500ルーベラである。

「おい、こんなに買い貯める必要あんのかよ。こりゃ一度には運べないぞ」

「買う必要あるよ。言っとくけど食糧なんてあっという間になくなるんだからね！」

「しかもライ麦ばかり。はー、小麦が食いてぇ」

ラムゼイが小麦ではなくライ麦をこのんで購入しているのにはきちんと理由があった。育てやすさの違いでライ麦を選んでいるのはエリックもダニーも知っていたが、買うのであれば小麦でも良いはずである。

まず、小麦よりライ麦のほうが安い。買うのであれば安くて大量に買えるほうがお得だ。これは小麦よりもライ麦のほうが生産が簡単であり、供給が多くなるため値が下がる傾向がある。

そして次にライ麦のほうが栄養価が高いことが挙げられる。ビタミンBや鉄分なんかが桁違いに多かったはずだ。

ただ、カロリーは小麦のほうが多いのだが。

なので味を犠牲にしてでもライ麦を選ぶメリットのほうが高いとラムゼイは判断していたのであった。この世界には病院はない。あるはずがない。病気になったら自力で治すか死ぬかの二択なのだ。

「ほら、わかったらさっさと荷を積んで帰るよ」

ミシミシと音を立てる荷車を三人で押しながら冬も間近だと言うのに汗だくになって帰って行った。

しかし、そのお陰でラムゼイは考えを改めたのであった。

王国歴550年11月10日

ラムゼイは拠点の裏手の山に穴を掘っていた。何を隠そう、木炭用の炭竈である。

先日は要らないと判断したラムゼイだったが、今では手のひらを返すように炭竈の作製に勤しんでいる。

そこでダニーはラムゼイに尋ねてみた。なぜ今は要らないと言っていたラムゼイが炭を作ろうという考えになったのかを。

曰く、「薪は重い」とのこと。確かに薪から水分などを抜いて炭化した木炭であれば体積も重量も比較にならない。

山に大きな穴を掘ってから棒を使って煙を逃がすための穴を開ける。

そして壁に粘土を塗り付けて床には藁を敷く。そしてその上に隙間なく炭にするための木材を入れていく。

角材や枝、薪など炭にできそうなものを片っ端からぎゅうぎゅうに詰めていく。

そしてさらにライ麦の表皮など細かなものも敷き詰める。できる限り酸素と触れさせないためだ。

そしてレンガで入口をほとんど塞いだら松明を入れて中の木材に火をつけてから完全に密閉する。

これで上手く行くはずだとラムゼイは考えていた。

もう寒さが堪える季節になってきた。積雪はまだであるが木枯らしが身に沁みる。

バートレット村で暮らしている子どもたちは頻繁に山へと入って落ち葉や枝などを胸いっぱいに抱えていた。

それからラムゼイはもう一つ考えなくてはならないことがある。それは積雪中の内職だ。

雪が積もってしまったら畑を耕すことはできない。かといって時間を無為に過ごすなんて愚の骨頂である。

「定番だけどさ、やっぱ木工品を作るのが良いと思うんだよね」

「スプーンとかフォークとか？」

「そうそう。椅子とかテーブルとか」

「いや、それは重たいから作らないかな」

ラムゼイは一緒に作業をしていたヘンリーとそんな話をしながら拠点にいるみんなの元へと戻った。

そこではチャーリーが許嫁のエリザと共にナイフで木を削っていた。

彼が作っているのは四つ足のテーブルとイスだ。売りに出すのは重さと大きさ的に大変だが日常的に使う分には申し分ないだろう。対して彼女が作っているものがラムゼイには全くわからなかった。

「えーと、エリザは何を作ってるんだ？」

「あら、見てわからないの？　どこからどう見ても熊じゃないの！」

エリザ曰く魚をくわえている熊の置物ということなのだが、それには全く見えない。と言うかそんな知識はどこで仕入れたのか、気になるラムゼイ。

「あー、まあ、なんだろう。そうだな、その、売れると良いね？」

「もちろん！　これは自信作だもの。売れるに決まってるわ！」

「そ、そっか。そーだよね。チャーリー、ちょっと」

ラムゼイはチャーリーに木材が勿体ないからエリザには二度と触らせないよう、念を押した。

チャーリーは何度も頷いている。どうやらラムゼイの意思が通じたようだ。

それからラムゼイとチャーリーはどんなものを作るか相談することにした。

その結果、手先の器用な村人は置物や木彫りのペンダントなどの装飾品を。不器用な村人にはスプーンやお皿、マグカップや器を彫ってもらうことにした。

誰に何を作ってもらうかなどの具体的な配分なんかはチャーリーたちに考えてもらうとして、ラムゼイは一軒一軒の民家を訪ね歩きだした。

民家は基本的に速度重視の作りになっているので画一的なデザインでやや狭めである。

ただ、狭さに関しては意図的に狭くしたのだ。なぜならそのほうが温まりやすいからだ。

それでもまだ充分な家屋が用意できていない。あと、五軒は家を建てないといけないだろう。

裏を返せばそれだけ住民が増えたということでもあるが。

そして今回、民家を訪ねているのは冬場の暖の取り方を指導しているのだ。

一番気をつけなければならないのが一酸化炭素中毒である。戸や窓を完全に締め切ってしまうと煙が充満して死に至ってしまう。

しかし、寒すぎたら寒すぎたで寝ている間に凍死なんて冗談でも笑えないだろう。

となると簡易的でも暖炉を組んでしまうほうが安全だとラムゼイは判断したのである。

要は煙さえなんとかしてしまえば良いのだ。昔から煙と何とかは高いところが好きとは良く言ったものだ。

つまり、煙を上に逃がして外へ排出できれば良いのだ。となると煙突をつけるのがセオリーだ。

ただ、それだとレンガを大量に消費してしまう。幸い、煙は上へと上がっていくのだから、煙突を少しだけ上に伸ばしてから煙を腰の高さ辺りで外に逃がしてしまおう。

「じゃあ、エリック。ここの改修工事を頼むね」

「あいよー。おーし、お前ら！　ちゃっちゃと終わらすぞー」

これで何とか冬支度が間に合いそうだとラムゼイは安堵したのであった。

王国歴550年12月15日

バートレット領にも本格的な冬が来た。雪が腰のあたりまで積もっている。シャベルがないと表に出ることすらままならない。

そうなる前に各家庭に食糧を配布してはあるが、家の中で倒れていないか心配でならないラムゼイ。特に玄関が開いた様子のない家屋は生存しているのか駆け寄る始末だ。

「いってーな！　この野郎！」

「へん！　お前が鈍間なんだよ！」

ダニーとエリックは子どもたちを引き連れて雪合戦に興じている。なんと言うか、いくつになっても子ども心を忘れない大人である。寒さなんてどこ吹く風だ。

ラムゼイはそれを窓から眺めながら書類仕事に従事していた。この村の今年の数値をまとめているのである。

村を発展させるには正しい数値を元に検証するのが一番だ。

「うーん、お金がないなぁ」

目下の問題はお金がないこと。ヘンドリック辺境伯に納める税金すらないのだ。

ラムゼイはお金を稼ぐ方法を一生懸命考えていた。

取れる方法は二つ。一つは労働力を増やして生産力を上げ、商品を沢山売り捌くことだ。

これに関しては沢山の人を動員して行う人海戦術と、効率化を図っていく専門化の二つがあるとラムゼイは考えている。

しかし、前者を採用することはできない。物理的に無理だからだ。

となると農作業や林業での効率化を図ると言うことになるのだが、ラムゼイにはその効率化の案が全く浮かばなかった。

浮かんでくるのはトラクターやチェーンソーばかり。今の技術で作れるわけがない。そもそも作り方がわからない。

となると、この方法ではお金を稼げないことを意味している。もう一つの手段を取るほかなさそうだ。

先に挙げた取れる方法の残りの一つは商品に付加価値を付ける、もしくは加工して付加価値を付ける方法である。

高値で売れそうな商品は何か作れないか。

ライ麦、豆、蕪、木材、使えるのはこの辺りだろう。葡萄はまだ生産の目途が付いていないし、動物の皮も少量しか手に入らないので売るとまでは行かなそうだ。

その中でも大量に消費できるのはライ麦。ライ麦で作れそうな加工品か。ラムゼイがそれを使って何か作れないかとウンウン唸っていると遊び疲れたダニーとエリックが拠点に戻ってきた。

「うー、寒い寒い。全く、ガキどもは元気すぎて困るな」

「全くだな。こうも寒いと酒で身体の芯から温まりてぇよ」

ずぶ濡れになっているダニーとエリック。直ぐに暖炉へ直行する。

しかし、この拠点は一番最初に急ごしらえで建てたこともあり、歪んで隙間風の多い造りとなっていた。

「うー。この家も雪が溶けたら建て直しだな」

ラムゼイは固まっていた。このくだらない会話にラムゼイの悩みを解決する種があったからだ。

そんなことお構いなしにジャンジャン薪をくべていく二人。堪らずラムゼイは窓を開けて叫んだ。

「だーっ！　そんなに燃やすと煙たくてしょうがない！」

「仕方ないじゃないか。だって寒いんだもん」

「そーだそーだ。こんな薄着じゃ誰でも風邪ひくっての」

文句を垂らす二人を無視して頭の中の考えを纏めていくラムゼイ。上手く行くかどうかはわからないが、実行する価値はあるだろうと判断していた。

王国歴550年12月20日

ラムゼイは資金稼ぎのために早速動き出していた。ラムゼイが作ろうとしているのはお酒である。

では、なぜラムゼイがお酒の作り方を知っているのか。

これは前世で北の大地に暮らしていたころ、さらに北から交換留学生としてやってきたアルチョムから簡単なお酒の作り方を教わっていたのだ。

作り方が本当にお手軽だったため、ラムゼイも辛うじて覚えていたのである。

「というわけで、お酒を造るぞー」

「おー！　いよいよか。待ってたぜぇ」

やんややんやと騒ぎ出したのは今回のお酒造りチームとして招集したウィリー、ゴードン、エリック、ダニーの四人だ。後ろの二人は完全にお酒欲しさに付いてきただけであるが。

今回作るのはクワスという簡単なお酒でロシアなどで広く飲まれている微アルコール飲料だ。

これはライ麦のパンから作られており、今のラムゼイたちとは非常に相性の良いお酒と言っても過言ではない。

と言っても微アルコール飲料なので度数は高くても三パーセントに届かないのがデメリットだ。

「じゃあ、試しに作ってみるか」

まず、ライ麦パンを焦げ目がつくくらいしっかりとトーストする。それからパン酵母を人肌のお湯に溶かして事前に発酵を促しておく。そうすると酵母がこんもりとしてくるのだ。

そして人肌のお湯を大きな甕に入れてトーストしたライ麦パンと山で摘んだベリー、それから発酵させた酵母を入れて蓋をする。

ここでベリーを入れるのは糖分を追加するためだ。アルコールは糖が分解されて発生すると記憶していたラムゼイ。それであれば糖を多く含んでいるベリーを入れておくのは間違いではないはずだ。

それに果物を入れればお酒がフルーティになるかもしれない。

いくらアルコールだからとはいえ、味が不味ければだれも飲みたくはないだろう。

「これで発酵を促せば完成だ」

「おおっ！　あとどれくらい寝かせるんだ？」

「それはボクにもわかんない。半日ごとに飲んで確認してみるしか――」

「よっしゃ、試飲ならオレに任せとけ」

「止せ止せ。お前の馬鹿舌じゃ味の違いがわかんねぇだろ。オレに任せとけって」

ラムゼイが飲むという言葉を口にした瞬間、ダニーとエリックが激しく互いを罵り合いながら口論を始めた。それほどまでにお酒が飲みたいらしい。

「わかったわかった。じゃあ二人にお願いするから勝手に飲むのだけはやめてくれよ」

そう言うと二人は朝と晩に欠かさず甕の前に行き「まだ発酵が足りない」だの「もっと寝かせてお

くべきだ」等と言い始めた。

その結果、どうなったかというとお察しの通り、甕の中のお酒がすっからかんになってしまったのだ。

「で、どの時期のが一番良かったんだ？」

「あー、三日目の朝かな……です」

「オレは二日目の晩だと思いました。申し訳ございません」

ダニーとエリックはラムゼイたちに囲まれた中、正座をしてそう述べている。皆が怒るのも無理はないだろう。まだ発酵していないと難癖をつけて甕のお酒を二人で全部飲み干してしまったのだから。

「ちゃんとお酒になってた？」

「ああ。身体がポカポカしてくるし、お酒になってると思うぞ」

どうやら酒造には成功しているようだ。となれば後はライ麦をどれだけお酒に回すことができるのかを計算するという作業が待っている。

これはラムゼイが後で帳簿と向き合うことにして、ダニーとエリックの二人には罰として山でベリーを採取してくることを厳命したのであった。

王国歴551年1月6日

年が明けた。しかし、依然として寒さは厳しいままである。

そんな中、ラムゼイは相変わらずお酒造りに熱を入れていた。

ライ麦パンやベリーの量はどのくらいが最適なのかを測っていたのだ。

今も、酵母の量を増やして酒を仕込んでいると拠点の扉が勢い良く開いてダニーが中に雪崩れ込んできた。

「ダニー。入るならもっと落ち着いて入ってくれ。あーあ、床がびちゃびちゃじゃないか」

「ラムゼイ。悪いがそれどころじゃないんだよ！　ちょっとヤバいぞ。なんでも、ポールの奴がまだ諦めていないらしい」

「何を？」

「お前を殺すことをだよ」

ここでようやくラムゼイがお酒を造る手を止めてダニーのほうを向いた。ラムゼイは自分の兄ながらその執念には脱帽すると同時に、その情熱を他の何かに向けて欲しいとも考えていた。

どうやらダニーはまだ彼女を諦めておらず、ポールたちの目を盗んでは足繁くルーゲル村に通っていたとのこと。

その最中にどうやらその情報を得たようだ。

大きなため息を吐いた後、ダニーにオズマとアーチボルト翁をここへ呼んでくるようお願いを出した。

「呼びましたかの？」

ダニーがオズマを連れ、またアーチボルトを背負って拠点へと戻ってきた。ダニーは雪の中アーチボルトを背負ってきたせいか、肩で息をしており額には汗が浮かんでいる。

「ダニー。説明してあげて」

「うへぇ。オレかよ。こっちは疲れてんのに」

そう言いながらもダニーは二人に直面している問題に関して丁寧に説明を行った。まずはここにいる四人の認識を統一する。まず最初に口を開いたのはラムゼイだ。

「ねえ、その話なんだけどソースはどこ？　信憑性はあるの？」

「ルーゲル村のコレットっていう娘からの情報だ。何でもまた武器と防具を買い漁っているらしい。不安なら偵察に誰か派遣してみたら良いんじゃねぇか？」

ダニーはコレットが自分の彼女だということを伏せて情報を提供する。ラムゼイは無言でオズマに視線をずらすとオズマは静かに一度だけ頷いた。

「ただ、辺境伯からお前を狙うことを止めるよう言われたんだろ？　なんだ？　連絡が行き違ってるのか？」

「いや、そうじゃなかろうて。その通達があってもなお領主殿を狙っておるのじゃろ」

ラムゼイもアーチボルト翁の意見に賛成であった。つまり、ポールがラムゼイを殺したとバレなければ良いのだから。

「しかし……これは困ったな。条件がポールに有利過ぎる」

ラムゼイは頭を抱えてしまった。なぜポールが有利なのかというと、お互いの勝利条件が違い過ぎるからだ。

まずポールの勝利条件であるが、これはもちろんラムゼイを討ち取ること。そして自身が捕まるないしは殺された場合は敗北だ。

次にラムゼイの勝利条件だが、ポールの撃退が挙げられるだろう。これだけであればそんなに難しくはないのだが付帯条項がある。できる限り被害を出さずに、と。

この付帯条項が厄介で家に火を付けられるとラムゼイとしては堪ったものではない。

そして攻め込むタイミングはポールたちが決めることができ、護る側のラムゼイはそれを受け入れることしかできない。何もかもがポール主導で動いているのだ。

「ふむ。一つはポールとやらを誘き出すのが良いじゃろ」

ポールを誘き出してこれを叩く。ラムゼイを餌にすれば食い付いてくるだろうとアーチボルトは考えたのだ。

しかし、これでも不安は残る。もし、ラムゼイの元へと行かずに村を襲われたら万事休すだ。今、この村にラムゼイと村の両方を護るための戦力はない。

「うーん、お前の親父さんに告げ口して抑え込んでもらうとか？」

「しらを切られて終わりだよ、彼らは内密に行動してるんだから。ただ、どちらにしても襲ってくるのは雪が解けてからだと思う」

そのラムゼイの意見には全員が賛同した。まずはルーゲル村に人を派遣して情報を集める方針で全員が動き始めたのであった。

王国歴551年1月11日

厳しい寒さがバートレット領に襲い掛かっていた。

ただ、この寒さは何もバートレット領にだけ襲い掛かったものではない。お隣のルーゲル領にも同様に襲い掛かっているのである。

そんな中、雪に乗じて闇夜に動く影が四つ。ポールとクーンのルーゲル兄弟とイヴァンとトニーである。

「ひぇー。さみぃさみぃ」

両の腕で身体を擦りながら隠れ家へと雪崩れ込む。それから直ぐに火を焚いて暖を取った。

その火の明かりで周囲がぼんやりと照らし出される。そこにはポールが再び仕入れた鉄剣と革の軽鎧が六組ほど並んでいた。

「これはまた。中々の上物だな」

「手に入れるのには苦労したぞ」

そう言ってにやりと笑うポール。

「どうやって手に入れたんだ？」

「ああ。なんでもスレイの話だと王都がきな臭くなっているようだ。それをダシに親父に、な」

「これ、付けてみても良いっすか？」

そう言って鎧を着こむイヴァン。その着心地に満更ではない表情を浮かべる。軽鎧を着込んで手に剣を持つだけでそれなりに見えてくるから困りもんだ。

「よし、雪が溶けたら一気に攻め込むぞ。それまでにこの鉄剣には慣れておけよ」

ポールがそう力強く宣言した。各自が頷いてポールに賛同の意を示している中、トニーが前々から気になっていたことをポールに切り出した。

「それは良いけどよ。紛れ込んでいる何匹かのネズミはどうする？」

「放っておけ。それよりも、武器と防具は預けとくからしっかり手に馴染ませておけよ。それから失くしたり盗まれたりすんじゃねーぞ。もしされたらぶっ殺してやっかんな」

ポールも気が付いていた。ラムゼイの仲間たちがルーゲル村にいることを。しかし、こればかりは追い出すことも止めることもできない。

いや、逆にどうやって止めさせれば良いと言うのだろうか。親に会いに来たと言われればそれまでだ。

そこに労力を割くよりも自分たちの能力の向上に努めるのが良いとポールは判断したのだ。それにポールの目的はラムゼイを打ちのめすことであり、他の住民たちを傷つけるつもりはない。

もちろん、邪魔立てするのであればその限りではないが。

脅迫じみた言葉で圧を掛けるポール。腐っても領主の息子。正しい判断を下すことはできなくはないのである。ただ、歪んでいて方向性がズレてしまってるだけなのだ。

皆はポールの言葉に対して静かに頷くのであった。

イヴァンは話し合いが終わった後、ポールの命令で彼らの仲間であるトムとジョンの元へ装備を届けに行っていた。

イヴァンの胸中はこの寒い中、何故オレが行かなければならないんだという思いでいっぱいである。

「おい、トム！　いるか!?」

イヴァンはトムの家の扉を乱暴に叩いた。ジョンの家には既に寄っており、残るはトムだけである。しかし、トムが出てくる気配はない。しかし、中からは明かりが漏れており、いるのは明白だ。

「いるんだろ？　おい、トム！」

早く暖かいところに行きたくて仕方ないという思いを乗せて一心不乱に扉を叩き続けた。ようやく根負けしたのか重たかった扉がゆっくりと開いて中から暖かい空気が流れてきた。

「あー、イヴァンか。わりぃわりぃ。今飲んでてよ。イヴァンもどうだ？」

「え？　あー、そうだな。じゃあオレも少しだけもらうかな」

「だろ？　ささ、入れよ」

イヴァンが自身に積もっている雪を払ってからトムの家の中に入ると中にもう一人の男が座っていた。それはヘンリーであった。そう、バートレット村のヘンリー本人である。

「こいつは？」

「オレの馴染みのダチでヘンリーだ。今は豆を作ってるんだってよ。こいつがな、酒を持ってきてくれたんだよ」

ヘンリーはイヴァンの視線がこちらに移ったのを確認してから革の水筒を見せて挨拶の代わりにする。

一つは空になった水筒で、もう一つはまだ充分に酒が残っている水筒だ。

「クワスって言って、あんまり美味しくはないがな。酔うには十分だ。それより何だそれは？」

ヘンリーがイヴァンの持っている装備に対して突っ込みを入れる。しかし、部外者に本当のことを話すわけには行かない。そこでイヴァンはポールが言っていた言い訳を拝借して使うことにした。

「なんか王都のほうがきな臭くなってきたらしい。もしかしたら徴兵もあるかもしれないって」

咄嗟に出た嘘に関しては上出来だと自画自賛をするイヴァン。

しかし、その言葉に目を白黒させたのはトムであった。イヴァンのもとへと駆けより肩を掴んで前後に揺らしながら問いただし始めた。

「おい、その話は本当なのかよ!?」

「お、おい。どうしたんだよ。オレも詳しくは知らねぇよ。ポールが言ってたんだ」

そう言ってトムに彼の分の装備を押し付ける。イヴァンとしては装備を早くしまって欲しかったのだがトムはその辺において酒宴に戻ってしまった。

もうイヴァンも自棄になってしまい、水筒を奪い取って浴びるように酒を飲んだ。心地良い炭酸がイヴァンの喉を通って身体を火照らせていく。

「っぷはぁ。なんだ、意外といけるじゃねぇか」

イヴァンにとっても久しぶりの酒だ。ポールが荒れて以来、村のお酒が底を突いたためイヴァンも酒を我慢していたのだ。

「だろ？　なあ、この酒だったらいくらで買う？」

ヘンリーのその言葉にイヴァンもトムも考え込んでしまった。

そして最初に答えたのがトムだ。

「ジョッキ一杯なら3ルーベラ出すね」

それに続いたのがイヴァンである。

「まあ、そんなもんだろうな。5ルーベラは高すぎるって感じだな」

このまま済し崩しに酒の話に興ずる三人。こうして酔いも回りながら夜も更けていった。

王国歴551年1月26日

ダリル＝フォン＝ヘンドリックは忠臣のアンソニーと共に自身の屋敷にある小さな一室に籠っていた。

この部屋は人が四人入れるかという狭い部屋なのだが、その代わり壁が厚く盗聴の心配がない部屋である。

つまり、二人がここにいるということはこれから誰にも聞かれたくない話をするということだ。

「それで、国王陛下の容体はどうなんだ?」

ダリルは爪を研ぎながらアンソニーにそう尋ねた。そんなダリルの質問にも眉一つ動かさず、アンソニーは質問にたいして的確に回答する。

「良くはありません。時間の問題かと。さらに継承の問題にも順調に火が付いているようです」

そう言って狭い部屋の真ん中に置いてある机の上に地図を広げる。それからアンソニーが指を差しながら一つ一つ丁寧に説明を始めた。

今、マデューク王国を取り巻く状況は非常に良くないと言って良いだろう。現国王であるマデューク八世は老齢のため死の淵に面している。

その跡取りである王子のエミールと国王の弟であるイグニスが王座を巡って争いをしているというのだ。

正当な跡取りは王子であるエミールであろう。しかし、エミールはマデューク王国の西側に広がるペンジュラ帝国と非常に仲が良く、親帝国派の王子と呼ばれている。

現に王子は帝国の姫を嫁として娶っており、その妃との間には既に子も成している。

しかし、そのペンジュラ帝国を快く思っていない貴族も大勢存在する。というのも、このままネズミが引くように少しずつ帝国に侵略されることを危惧しているのだ。

そのため、国王の歳離れた弟であるイグニス大公が担ぎ出される形となってしまったのだ。

ダリルはどちらかというと反帝国を標榜している。イグニス派の中心人物と言っても過言ではないだろう。

ではなぜそんなに帝国の支配を嫌がるのか、これは偏に宗教の問題である。

両国ともに聖神教を信奉していることには違いないのだが、王国は聖神教の大教を信奉し帝国は聖神教の小教を信奉しているのである。

この大教と小教の違いは聖神教以外の宗教への寛容の差が異なっているのだ。

大教は他の宗教に対しても寛容であるが、小教はほかの宗教を一切認めていない。この辺りの違いが帝国を受け入れられない最大の要因だ。

「さて、どういう一手を打つべきか」

ダリルが顎を手で支える格好をとりながらテーブルの上に座る。アンソニーには行儀が悪いと窘められるがそれもご愛敬だ。アンソニーが溜息を吐いた後、おもむろにこう言い放った。

「どうするも何も、もう考えていることがございますでしょうに」

「やはりわかるか。今のうちに少しでも自領を広げておこうと思ってな、ボーデン男爵を攻めるぞ」

ボーデン男爵は親帝国派の一人として名が知れている人物である。

彼自身も帝国貴族から妻を娶っており、その伝手を使って商いで成功している人物だ。

「なるほど。攻め込む理由は如何されるおつもりで？」

「それはもちろん、これから作る」

ダリルは満足そうな笑みを浮かべたがアンソニーにはもう一つだけ懸念があった。

それはボーデン男爵の後ろ盾であるガーデル伯爵が横やりを入れてこないか心配なのだ。

ガーデル伯爵家といえばマデューク王国でも一、二を争うほどの武門の名家である。

ここが絡んでくればいくらヘンドリック辺境伯家といえどもタダでは済まされないだろう。

そのことをアンソニーが指摘するとダリルは胸を張ってこう答えた。

「それももちろん、これから考える」

どうやらダリルの野望はまだまだ始まったばかりのようである。

バートレット英雄譚

第五章

王国歴551年2月18日

雪も段々と溶けて土が顔を出してくる場所も増えた。

といっても確かに土は顔を出してきているが水気が多く、とても歩けたものではない。

しかし、それでもラムゼイはヘンドスの街へと繰り出そうとしていた。その理由は食糧難である。

ラムゼイが熱を入れてクワスの研究に勤しむものだから、勢い余って村人たちの食糧にまで手を付けてしまったのだ。

今すぐに食糧がなくなるというわけではないが、これからもお酒を造っていくのであれば在庫は多いに越したことはない。

ラムゼイはこの冬の間、皆で一生懸命つくった木工品を山のように荷車に積んで一路北へと進路を取った。

今回も護衛と称してダニーがついてきている。エリックは拠点の家の隙間風に耐えかねて新たな拠点の設計図を描いている最中だ。

「荷は全部積めたぞ」

「ありがとう。じゃあ行こうか」

ラムゼイとダニーの二人で荷を押していく。ラムゼイはそろそろ商い関係を任せられる人材を一人登用しても良いのではないかと考えるようになってきた。もしくは商いに特化した人材を育てるか、である。

ただ、すぐにどうこうできる話ではないので今は懸命に荷車を牽くしかないのであった。

ヘンドスの街に入る。今回は材木を売りに来たわけではないので別の商店を探さないといけない。できる限り高値で買ってもらいたいからだ。

「つってもよぉ。あてもねぇしどうするよ」

荷車を牽き疲れたダニーが座り込みながらラムゼイに話しかける。

ラムゼイは考えた末にある一人の人物を尋ねることにした。

「すみません。ラムゼイ＝バートレット士爵ですが、アンソニーさんはいらっしゃいますか？」

そう。ラムゼイが尋ねたのはヘンドリック辺境伯のお屋敷であった。とは言え、ダリルに会うアポイントもなければ用事もない。そこでその家令であるアンソニーを指名したのであった。

「これはこれは。一体何の用なんです？」

アンソニーは「全く、アポイントもなしで」とか「こちらもヒマではないんだが」などとぶつぶつと呟きながらもラムゼイの相手をしてくれた。

「すみません。この街でお酒を売るのに許可とか要りますか？」

「店に卸すのは要りませんが大衆に売るのであれば必要です。この街で商売をお考えを？」

「いえいえ。閣下に納めるお金を工面しているところです。できれば材木や木工品、お酒を買い取ってくれる店を紹介いただければと思いましてね」

ラムゼイ自身も図々しいお願いだと承知している。だが、無下にはできないはずだとも考えていた。

今、アンソニーはヘンドリック辺境伯家の名代としてラムゼイと接している。

そのアンソニーがラムゼイを無下に扱えばヘンドリック伯爵家は寄子を大切にしないという風評を立てられてしまうからだ。

「木工品であればコリンズ商会に。酒はソープの酒場、木材はドガのお店が良いでしょう」

「ありがとうございます。それともう一つ、王都の噂を聞いたりしていませんか？」

ラムゼイはヘンリーから聞いた噂話の真偽をアンソニーに求めた。アンソニーほどの人物であれば王都の情勢に詳しくないわけがない。ここで、静かなる戦の火蓋が切って落とされていたのであった。

「さあ、存じ上げませんな」

もちろんアンソニーはしらを切り通す。これはラムゼイであっても想定済みである。

ここでラムゼイがとる行動はいくつか考えられるが、その中で妙手を選び取るのが何とも難しい。

「おや、そうですか。であればお伝えしますが、何やら王都で不穏な動きがあるようですよ。なんでも王位の継承について揉めているのだとか。これに対して閣下はどうなされる心積もりで」

ここでラムゼイはアンソニーに対して更に念を押す。家令の立場にあるアンソニーさんが知らないわけございませんよね、と。

これに困ったのはアンソニーだ。しらを切ってしまった以上、今さら知っていましたとは口が裂けても言えない。

しかし、ここで何もしないとラムゼイに伝えるのは愚策だ。もし、ダリルが軍事行動を起こした場合、言質を取られている以上、何もしないと言ったじゃないかとラムゼイに糾弾されるのは必至。

もちろん、言った言わないの水掛け論へと持って行くことはできたのだがアンソニーのプライドがそれを許さなかった。

正直、ラムゼイがここまで考えているとは考えにくい。しかし、辺境伯家の家令たるものリスクマネジメントができないようでは務まらないのだ。

ここでアンソニーが勝手に一領主の処遇を決めることはできない。必然とラムゼイをダリルに会わせる必要が出てくることになる。

(何たる失態)

アンソニーは目の前にいるラムゼイを田舎土豪の小坊主だと侮っていたことを後悔した。

そこでアンソニーが下した結論はこうであった。

「さっさとその荷を売り払って、ここに戻って来てください」

そう。主人であるダリルに会わせるという方向で話を進ませるのであった。

ラムゼイは教えてもらったコリンズ商会へとやって来た。そこはこの街で一二を争うほどの大きな商会で、たかが田舎の士爵如きが取り次いでもらえるようなお店ではなかった。

「あのー」

ラムゼイが声を掛けるも誰も反応してくれない。それもそうだろう。如何にもみすぼらしい少年が声を掛けたところで誰がお金になると判断するものだろうか。そこでラムゼイは声の掛け方を変えることにした。

「あのー、アンソニーさんの紹介で来たのですが」

そう呼びかけると何人かがピクッと反応した。そして、そのうちの一人がこちらに近寄ってきたのである。

その男性は二十代半ばのこれから働き盛りといった青年だ。少し目つきが悪いのはご愛敬だろう。

「あー、うちになんか用かい？」

「ええ、これらの木工品をライ麦と交換して欲しくて」

そうお願いすると青年は木工品の一つであるスプーンを手に取って出来を確認する。どれも均一なクオリティになるよう、ラムゼイたちは細心の注意を払ったつもりだ。

青年はその一つを車に戻すと丁稚を呼んでこの積み荷の木工品をチェックするよう命じた。

「悪くはないな。ただ、数は少ないが。全部で１２００ルーベラってとこだ」

悪くはない数字だ。これで使い込んでしまったライ麦を買い足すことができる。ただ、これで満足しないのがラムゼイであった。

「うーん、そうだな。ねえ、ここってライ麦を扱ってる？」

「ライ麦？　そりゃ扱ってるに決まってんだろ。ここは天下のコリンズ商会だぜ？」

「それはちょうど良かった。じゃあ、これらをライ麦の大樽三つと交換で」

ラムゼイたちが困っているのはライ麦が不足しているからだ。別にお金に換金する必要はない。むしろ、手間賃を差っ引かれるくらいなら直接欲しいものに換えてしまったほうが得策だろう。

悩んでいる素振りを見せている青年に対してラムゼイは圧を掛ける。いや、圧というよりは権威を見せつけると言うほうが正しいだろう。権威を自慢したがる辺り、ラムゼイはまだ年相応の人物とも言えるが。

「早くしてよ。これからダリル辺境伯とお会いしなきゃならないんだから」

「……お前が辺境伯様と？　嘘も大概にしな」

青年がそう言うのも無理はないだろう。ラムゼイはいつも同じ動きやすい服装をしており、お世辞にも辺境伯に会えるような恰好ではない。

「いやいやいや、嘘じゃないから」

ここでラムゼイは一つの提案を青年にした。もし、ラムゼイが言っていることが本当であればライ麦を大樽で四つ。もし嘘であればライ麦を大樽で二つで良いと提案した。

根っからのギャンブル好きである青年はこの提案に快く乗ってしまった。

もし、外せば300ルーベラは下らない損を出してしまうことになる。一般庶民の個人のお金としては決して小さな額ではない。

「じゃあ、付いてきてよ。えーと」

「アシュレイだ」

商品はそのままコリンズ商会の丁稚に預けておくことにし、アシュレイを連れてダリルのもとへと戻るのであった。

ラムゼイ一行がダリルの屋敷の前に到着すると衛兵たちにも話は通っていたのか、するりするりと中へと通されて行った。

それに対して驚きを隠せないアシュレイ。自分よりもみすぼらしい恰好をした少年が顔色一つ変えずに進んでいくのだから。

「こちらでお待ちください」

前回と同じ部屋に通されるラムゼイ。タダでライ麦を一樽儲けたと内心喜んでいたのだが、のちに彼は虎の尾を踏んでしまったと後悔する羽目になるのであった。

「ラムゼイさまだけこちらへ。お付きの皆さまはここでお休みください」

そう言ってラムゼイだけ別の部屋へと移動させられる。ダニーとアシュレイのもとには大量のワインと干し肉が運ばれていたのであった。

ラムゼイは小さな一室へと案内された。そこは真ん中に小さなテーブルがあるだけの質素な部屋だ。この部屋だけレンガの頑丈な造りとなっており、向こうからの音が一切聞こえなくなっている。

「よく来たね、ラムゼイ。歓迎しよう」

「こんな格好で申し訳ございません閣下。失礼いたします」

ラムゼイがテーブルを挟んでダリルと対峙する。今、この部屋にいるのはラムゼイとダリル、それから家令のアンソニーの三人だけだ。

「気にしておらん。早速で悪いが本題に入るぞ。まず、お前の言う通り王都に不穏な動きがある。私はそれに乗じてこの領土を広げる気だ」

ダリルは隠す気もなくラムゼイを真正面から捉えてそう宣言する。これには流石のラムゼイも驚いてしまった。そして、その宣言を聞きたくもないと思ってしまった。

こうも大っぴらに宣言するということは何かしらラムゼイにも厄介事が降りかかってくると感じたからである。

平穏な時代であればこの発言はお家取り潰しの可能性も否めない。しかし、今は乱世だ。

ラムゼイはダリルと視線を合わせ、ただただ黙っていた。

「ふっ、沈黙は金か。良くわかっているな」

沈黙が数十秒続いた後にダリルが口火を切って話し始めた。ラムゼイは言質を取られないよう、こちらから積極的に話すことを嫌ったのだ。そしてそれは英断と言えよう。

しかし、それは相手に主導権を渡すという行為でもあった。その主導権を力関係が上位のダリルに譲ってしまったのだ。その直後、ダリルの口から無理難題が飛び出してきた。

「この機に乗じてボーデン男爵の領地を奪い取りたい。だから攻める口実を作ってくれ」

これにはラムゼイも開いた口が塞がらない。かなりの無茶な要求だ。まず一つ。大きく深呼吸をしてから頭の中で色々と算段を練る。

「これに対する私への褒賞は？」

「そうだな。何が欲しい？」

「領地とお金ですね」

「……領地は直ぐに用意することはできないが金なら用意できるぞ。上手く行ったのなら5万ルーベラ払ってやろう」

「確認させてください。あくまで攻め込む『口実』を作るだけで良いんですよね？」

「ああ、そうだ」

ラムゼイは腕を組んで考える。冷静に考えれば悪くない話だ。いや、というよりもこの話を持ちかけられた以上、断ることはできないだろう。となれば毒を食らわば皿までである。

「それに追加して向こう五年間の税の免除を」

「……三年間なら飲もう」

ここが落とし処だと判断したラムゼイはダリルに向かって肯定の意を示した。そして、自身に一計があることも伝える。

「その代わり、いくつかの条件を飲んでいただきたいのですが」

「聞こうか」

こうして三人の会談は日が暮れるまで長引いたのであった。

ラムゼイが屋敷の外に出たのは日が暮れてからであった。

それまで待機させられていたダニーとアシュレイはワインや干し肉を飲めや食えやとおもてなしを受けていたらしい。ラムゼイからすれば何とも羨ましい限りである。

「かなり長かったなぁ。何を話し合ってたんだ？」

「んー、ちょっとね。それよりもお腹空いたぁ。何かない？」

ダニーからの質問を軽くいなす。それもそのはずである。大っぴらには話せない内容の会話をしていたんだ。その辺りを察してほしいものだ。

ラムゼイがダニーに食べ物を寄越せとせがむとダニーは懐から干し肉を取り出してラムゼイに分け与えた。

どうやら辺境伯の屋敷で出されたものをいくつか持って帰ってきたらしい。ちゃっかりしたヤツである。

それよりも目下の問題は今日の宿だ。この気温で外に寝ていたら確実に凍え死んでしまうだろう。いくら都会である領都ヘンドスとはいえ、宿が空いてるかどうか。

「それよりも宿だろ？　どうする？」

強引に話を変えに行ったと言えばそれまでだが、早急にどうにかしなければならない問題であることも確かだ。すると、アシュレイが強引に会話に割り込んできた。

「宿くらいオレが手配してやる。疑った詫びだ。それとライ麦の大樽も四つ用意しとく」

「ありがとうアシュレイ」

渡りに船とはまさにこのことだろう。アシュレイが手配してくれるというのだから、ありがたくそれに従う二人。

そして、この提案はアシュレイがラムゼイを一人の客として認めた証でもある。これでラムゼイは大商会との繋がりを得ることができたのだ。

了承の意味も込めてラムゼイはアシュレイに手を差し出す。アシュレイは差し出された手を握り返してこう言った。

「お前はいったい何者なんだ？」

王国歴５５１年３月２日

「そろそろ良い時期だ。行動に起こすとするか」

ポールは皆を隠れ家に呼び出してそう告げた。外は雪が溶けてなくなり春の訪れを感じさせるようになっていた。

既に畑を耕し始めている人もいるくらいである。なので、ポールはそろそろ計画を実行に移すことにしたのだ。

「へっへ。やっとかぁ。今すぐにでも出るか？」

「そうだな。善は急げって言うからな。今から北に向かい、闇夜に乗じて奴らの拠点を急襲するぞ」

「うえ？　ポールさま。前は作物が実る秋ごろって……」

「気が変わったのだ。それに、ヤツの所には酒がたんまりとあるらしいじゃないか。それだけでも充分というものだ」

トニーは嬉々として答える。イヴァンはポールに控えめに反対を表明したのだが、帰ってきたのは気が変わったの一言だけ。

なぜポールの気が変わってしまったのか。誰か変えてしまった人物がいるのではないかとある一人をじっと見つめていた。

「さっさと準備しろ！　ぼけっとするんじゃねぇぞ！」

「「「おうっ！」」」

そこからポールを含む七人の行動は迅速であった。鎧を着こんで剣を下げると粗食を腹の中に収めて水筒を持つ。

これで準備は完了だ。皆で北に進軍しながらポールは自身が考えていた作戦の詳細を説明した。

「いいか、話によるとラムゼイの野郎は一番大きな家で寝泊まりをしているらしい。そこを襲う。それまでは物音一つ立てるなよ」

「わかった。でも、具体的にはどう襲うんだ?」

「決まってる。四方から火を点けるのさ」

ポールは理解していた。火事の怖さを。周りに水のないこの状況で直ぐに鎮火できるわけもなく、煙を吸っただけで一発アウトだ。

その恐怖を理解しているからこその作戦であろう。しかし、その作戦に疑問を感じたのがトニーだ。

「だがよ、それだとお前さんの手で殺せないが良いのか?」

「ばっか。殺せればそれで良いんだよ。自分の手でなんてこだわってるヤツから早死にしていくんだ」

この辺りのポールの感覚は至極真っ当と言える。どうやらポールは将として一角の才能を持っているらしい。

それを黙って聞いていたのがキースだ。そのキースが「素晴らしい」と一言お世辞を垂れると全員の視線が彼を捉えた。

「おい、ポール。誰なんだよこの男は」

小声で尋ねるトニー。イヴァンもジョンもトムも聞き耳を立てている。どうやら彼らも気になっていたようだ。

キースと彼らが会うのは今日が初めてだ。そして自己紹介もないまま一緒に進軍していた。気になるのも当然だろう。

このキースと言う男、顔を黒いマントで隠しており表情が読み取ることができない。

そんなキースを疑う彼らを見渡してからポールはにやりと笑い、彼が誰なのかを話し始めた。

「このお方はやんごとなきお方の配下の者だ。詳しくは明かせないがな。ついにオレの所に運が巡ってきたってわけよ」

ポールは浮かれていた。これから憎きラムゼイを殺せること、そしてそのラムゼイが汗水垂らして拵えた村を根こそぎ自身の物にできるということを。

「まあ、お前がそう言うなら信用するが大丈夫なんだろうな」

トニーはこの出自のわからない男を疑った目で見ていた。横にいるクーンに目を移すと彼も自信を持って頷いている。二人がそこまで言うのならとトニーはこれ以上の追及を避けたのだ。

ポールの高笑いが闇夜に響き渡り、イヴァンとトムの溜息は掻き消されてしまったのであった。

「よし、あの家だな」

寝静まったバートレット村をうろつく怪しい影が七つ。彼らを照らしているのは月明かりだけだ。その月明かりで目標の建物を確認した七人は一度、暗闇の中に紛れ込んで用意を始めた。

「まずは全員顔を隠せ。夜盗のふりをするんだぞ」

持ってきた布で目以外を覆う彼ら。これでラムゼイたちを襲ったのがポールだとは誰も思わないだろう。

「ここでバレるんじゃねぇぞ。バレたら計画が終わりだからな」

細心の注意を払いながら松明の用意をするポールたち。ここでバレるかは運であるが、ポールは今の自分は持っていると判断していた。

「いくぞ」

火打石で着火させる。ブシュっと音を立てながら、おが屑に火種が灯った。これに松ぼっくりなどの燃えやすい素材を足して火種を大きくしていく。

「よし、松明に灯せ」

ポールの指示に従い、四本の松明に明かりを灯していった。これで準備は完了だ。あとはポールの合図を待つだけである。ポールは一度、大きく深呼吸をしてから各人に命じた。進め、と。

まずは松明を持っているイヴァン、クーン、トム、ジョンの四人が拠点へと駆け寄り四方から火を点ける。最後には窓から松明を投げ入れる所業だ。

これによりあっという間に火は燃え広がり拠点はごうごうと音を立てながら辺り一帯を明るく照らし出していった。

「はーっはっはっは！　ざまあみろラムゼイ！　これでお前も終わりだぁっ!!」

真っ赤に燃え盛る拠点に向かって大声で叫ぶポール。この騒ぎを聞きつけた村人たちがわらわらと表へ出始めてきた。それを威嚇するかのようにトニーが剣を引き抜いて振り回す。

「おらぁっ！　見せもんじゃねぇぞっ！　死にたくなきゃ散れぇいっ！」

ただ、バートレット村としてはこんな騒ぎを見過ごせるはずもなくダニー率いる兵士たち五人が準備を整えてこの場へとやって来た。

「お前らぁっ！　人の村で何勝手なことやってんだよ！」

「うるせぇなぁ！　雑魚は引っ込んでろよ！」

トニーとダニーの剣が火花を散らす。他の四人も剣を引き抜いてトニーへと突進していった。しかし、そうはさせまいとポールが指示を出す。

「お前ら！　トニーを守れ！　奴らの好きにはさせるなぁ！」

その言葉に反応したのがクーンとイヴァンとジョンだ。彼らも抜剣してトニーの援護をするために駆け寄っていく。それと、ポールに飛び掛かる人影が一つ。

「ちっ」

それはラムゼイであった。彼もまた軽鎧を着こんで準備を整え、この場にやって来たのだ。ポールはそれに驚くもすぐさまいやらしい笑みを浮かべたのであった。

「なんだ、生きてたのか。アレか？　女のところでも行ってて命拾いしたのか？　あん？」

「相変わらず品性の欠片もないね。こんなのが兄だと思うと情けなくて涙が出るよ」

もうお互いに正体を隠す気はない。ラムゼイはこれがポールの仕業だとわかっているし、ポールもラムゼイは始末するので正体がバレても構わないと思っている。

「安心しろラムゼイ。いまから血の涙を流させてやる、よっ！」

そう言うなりポールが斬りかかってきた。それを盾で受け止めて反撃の横薙ぎをお見舞いするラムゼイ。

この辺りはアーチボルトの指導の賜物だろう。体格的にも有利な年上のポールとも互角に渡り合っている。

ただ、徐々に劣勢に立たされていくラムゼイ。十三歳と二十一歳では体格も膂力も大きな差が出ている。

いくら技術に一日の長があるとはいえ、押されていくのは致し方ないだろう。

(不味い。このままだと、やられる)

死の一文字がラムゼイの頭をよぎった。しかし、ここで引くわけにはいかない。覚悟を決めて決死の突撃を敢行しようとしたその時、助け舟を出したのは他の誰でもないキースであった。

「ポールさま、ここまでです。あちらを」

促されるままポールが指定された方角へ視線を移すと無残な姿に変わり果てたトニーとクーンの姿がそこにはあった。イヴァンとジョンは組み伏せられて捕まっている。

トニーとクーンには複数の矢が刺さっており、トムの姿は見えない。

さらにダニーたちのすぐ後ろにはオズマが控えていた。これを見ただけでポールは何があったのかを察する。

そして、そのダニーたちがラムゼイを助けようとこちらに殺到していたのだ。いくらなんでも六対二では分が悪すぎる。キースはポールを促して山のほうへと駆け足で逃げ出して行った。

「ちっ！　追うぞ！」

ダニーが二人を追おうとしたところをラムゼイが手で制止を掛ける。それよりも消火が先だと。

起きている村人みんなの力を合わせて鎮火活動に励むラムゼイたち。

幸い、拠点の近くには民家は建っていなかったので被害は拠点と一番最初に建てた小さな掘っ立て小屋だけで済んだのであった。

「畜生！　絶対に許さねぇからな！　ラムゼイィィィッ！」

ポールの悲痛な叫びが山の中に反響したのであった。

王国歴551年3月4日

ラムゼイは以前に仕立てた正装に袖を通してダリルの屋敷を訪ねていた。お供としてダニーとオズマを連れてである。

もちろん、彼らも辺境伯であるダリルの前に出しても恥ずかしくないよう村の針子に服を仕立ててもらってある。

「待たせたな。ラムゼイ」

通された部屋に辺境伯がやって来た。その後ろには家令であるアンソニーとラムゼイの父親であるハンスも連なってである。それを起立して迎えるラムゼイたち。すぐさまダリルに座るよう促されるが。

ラムゼイの後ろに毅然と直立しているダニーとオズマ。その視線でハンスを殺せるのではないかと思うほどに睨めつけていた。

「さて、詳しい話を聞こうか」

ダリルが席に座り足を組んで話を促す。それを皮切りにラムゼイがバートレット村であった事の顛末を詳細に説明し始めた。

「――ということです。ここまでに異論、反論はありますか？　ルーゲル士爵」

ラムゼイはハンスを父親ではなく一貴族として扱う。ラムゼイはハンスを父親だとは思っていなかった。いや、思えなかった。というのもやはり前世の記憶があるのが邪魔をしているのだろう。

彼はどうしてもハンスを父だと思えなかったのだ。

「まさか、本当にポールが……。そ、その証拠はあるのかね？　バートレット士爵」

そのハンスの質問に言葉が詰まるラムゼイ。一度深呼吸をしてから首を縦に振ってハンスの問いに答えた。

「はい、あります。襲ってきたのは全てルーゲル村の住民でポール、クーン、トニー、イヴァン、ジョン、トムの六名。そのうち、三名が捕らえてありますので、疑うようでしたら連れてこさせますが」

ハンスはその言葉に過敏に反応した。襲ってきたのは六名で捕らえたのは三名である。ということは残りの三名はどうなったのか、ということである。

嫌な音がする心臓を押さえながらも掠れる声でハンスは尋ねた。

「の、残りの三名は、どう、なったのだね？」

「はい、一名は……ポールは皆を見捨てて逃走。残りの二名は戦闘中に、死亡しました」

ラムゼイは覚悟を決めてその名をハンスに伝える。たとえこの結果がハンスを悲しませることになろうが自身が行った行為の結果は正しく伝えるべきだと手を握り締めて。

「……そうか」

「後で、遺体をお届けします」

がっくりと肩を落とすハンスにラムゼイはその言葉しかかけることができなかった。

被害者と加害者ががっくりと項垂れている中、調停者たるダリルは淡々と裁きをつけていった。

「まず、ルーゲル士爵。事前の約定を破り同盟領であるバートレット領に攻め込んだ責任は重い。息子のやったこととはいえ、親の監督責任がある。命までは取らないが貴殿の爵位と領地を取り上げの上、追放とする」

「……はい」

「うむ。これでこの騒動は終いとする」

こうして一連のポール騒動の決着がついた。かのように思われたが、未だにラムゼイたちはダリルの屋敷にいた。

ラムゼイ、ダニー、オズマの三人は割り当てられた部屋で寛いでいる。

そこで意を決してラムゼイは二人に秘密を全て打ち明けたのであった。

「二人には謝らなければならないことがある。その、ごめん」

「何だ。藪から棒に」

「今回の騒動は、ボクと辺境伯閣下の二人で仕組んだものだったんだ」

ラムゼイは事の顛末を洗いざらい白状することにした。

事の発端はラムゼイに無茶ぶりが降ってきた二月の半ばまで遡る。

ダリルがボーデン男爵の領地を攻め取りたいので何とか口実を作ってくれとラムゼイに依頼を出した。

ラムゼイは今の自分の状況を逆手にとってポールを上手く使うことをダリルに提案したのだ。

というのも、ポールがラムゼイを殺したがっているのは明白であったので、ダリルがそのお墨付きを与えることにしたのだ。

その役割を担ったのがキースである。キースはダリル配下の従士であり、ある言伝を持ってポールと接触した。

その言伝と言うのが、ヘンドリック辺境伯とボーデン男爵がラムゼイを疎ましく思っているという言伝だ。

これに気を良くしたポールは侵攻の準備を整えてキースに操られるままにバートレット領へと侵攻する。

しかし、情報はキースからラムゼイに筒抜けとなっていた。それを難なく撃退して今に至るというわけだったのであった。

そしてキースは事前の打ち合わせ通りにポールを連れてボーデン男爵のもとへと逃げ込む。ただ、ボーデン男爵にとっては寝耳に水の事態なのだが。

「なるほどなぁ。だからラムゼイはあの日に襲撃があることがわかっていたのか」

そう。ラムゼイは事前にわかっていたため、拠点から一切の物を運び出していたのだ。なので、ラムゼイ側の被害としては本当に拠点のみである。

その拠点も建て直そうと思っていた代物であるから、ほとんど被害は出ていない。

「うん。黙っていてごめんね」

「ラムゼイがそれが最適と判断したのだろう。なら謝る必要はない。現にオレたちは全員無事だ」

そう声を掛けてくれたのはオズマであった。この一言でラムゼイの気持ちが幾分か軽くなったような気がした。

そんな会話をしているとダリルがノックもなしに部屋の中へと入ってきた。今回は家令のアンソニーの他、筋骨隆々の髭男まで一緒だ。

「紹介しよう。我が家の将軍であるゲオルグだ」

「ゲオルグと申す」

この髭男は辺境伯軍のトップに位置する男とのこと。どうやら本格的にボーデン男爵領へと攻め込む準備を進めていくらしい。その前にテーブルの上に大きな革袋が一つ、置かれていた。

「約束のお金だ。大切に持って帰るんだぞ」

ダリルとの約束の5万ルーベラだ。革袋がパンパンになっている。その辺の子どもよりも重たいだろう。ダニーとオズマは目が点になっていた。

「キースから連絡が入った。ポールは上手くボーデン男爵のもとへ到着したようだ。なので、こちらも次の手を打つぞ」

まず、旧ルーゲル領はバートレット領に組み込まれることとなった。

これはこの企みを起こす前に事前に取り決めていた約束の一つだが、約束していなくてもラムゼイのもとに旧ルーゲル領は転がり込んできていただろう。

というのも、旧ルーゲル領がラムゼイの手に渡ることによってボーデン男爵側からも攻め込む口実を作ってあげたのである。

旧ルーゲル領をポールの土地であるという大義名分を与えれば向こうから侵攻する口実になると考えたのだ。

そこでポールの神経を一番逆撫でする人選と言えばラムゼイ以外にいないだろう。

「私はボーデン男爵にポールの引き渡しを要求する。断るようであれば武力行使も辞さないとな」

「もし、応じてきたらどうするんです？」

「何、応じられないようにするのさ。ポールを匿っていた罪として慰謝料も請求してあるからな」

そう言って高笑いをするダリル。どうやら、この中で一番強かなのはダリルのようであった。

王国歴551年3月8日

ポールは苛ついていた。無理もないだろう。入ってくる情報のその全てがポールにとって悪い知らせなのだ。

今日もボーデン男爵のお屋敷の一室で頭を掻きむしっている。

ポールはラムゼイたちから逃げ出した後、キースの先導でそのままボーデン男爵のお屋敷まで走った。

門前払いされるかと思ったのだが、何とポールは男爵とお会いすることができたのだ。

というのも、キースが嘘八百を並べたからである。ポールがここに来たのは弟であるラムゼイが謀反を起こしたせいだとか。

男爵もそれを信じてポールを匿ってしまったものだから既に後に引けない状況なのだ。

「ポールさま。コステロさまがお呼びです」

侍女の一人がポールを呼びに来る。コステロというのはボーデン男爵家の当主であるコステロ＝デ＝ボーデンその人のことだ。

大きく溜息を吐いてからコステロのもとへと行くポール。部屋に入るとコステロは不機嫌そうな顔を浮かべてポールを一瞥した。

「聖神に唯一の――」

「ああ、そういうのは結構だ」

ポールは聖神教の小教で行われている挨拶を行おうと跪いたところでコステロに拒否された。

コステロは小教派の人間ではあるがそれはあくまで商いのために改宗したに過ぎず、彼自身はどちらでも良いと考えていたのである。

ポールも大教だろうと小教だろうとどちらでも構わないという、宗教色の薄い人間だ。

コステロにやめろと言われ、直ぐに立ち上がる。

「これまでの情報は覚えているかね?」

「はい、辺境伯が私の身柄を要求している、ということですよね」

これにはポールも驚いていた。キースの話だとヘンドリック辺境伯もラムゼイのことを毛嫌いしていたのではなかったのではないか。

しかし、これを確認しようにもすることができない。何故ならキースの姿をぱったりと見なくなったからだ。

「貴殿の身柄と匿った我々に慰謝料として20万ルーベラもな」

鼻を鳴らしてダリルからの手紙をびりびりに破くコステロ。コステロとしても若造の辺境伯が我々に対して口出ししてくるのが面白くなかった。

「更に新しい情報だ。向こうの言い分だと攻め込んできたのはポールだと言っている。そしてその責任を取って君の両親は爵位剥奪の上に追放。そしてルーゲル領はバートレット領に組み込まれるとのことだ」

その情報を聞いたポールは鈍器で頭を殴られたような気持ちであった。この情報はポールがラムゼイに対して今まで以上の憎悪を抱かせる充分な情報であった。

しかし、コステロとして気がかりなのはダリルとポールのどちらが正しい言い分を述べているのか、という点である。ただ、どちらの言い分が正しいにせよ、コステロの取れる手段は限られているのだが。

「重ねて確認するが、貴殿は本当に嘘を吐いていないのだね?」

「もちろん私です、閣下！　辺境伯めは攻め込む口実が欲しくてそう述べているに違いありません！」

コステロもそれは感じていた。応じても20万ルーベラも支払わされるし拒否しても攻め込まれる。

となると、ダリルにとって嫌な点は一切ないだろう。

ポールを引き渡すから慰謝料をなくしてくれ、とお願いしても無駄なのはコステロもわかっていた。

そう、ダリルはこの領に攻め込みたいのだ。

「これはガーデル卿とも話し合わねばなるまいな」

髭を撫でながらそう言うコステロ。この決断が王国の北側を俄かに騒がせていたのであった。

王国歴551年3月12日

ラムゼイは忙しなく動いていた。というのもやることが多すぎるからだ。

まずは新しい拠点の設営。本来であれば領地の引き継ぎを優先して行わなければならないところだが、今回は先に拠点の設営から行わせてもらった。

ルーゲル村とバートレット村の境目に新しい拠点を建てる構想だ。

もしかするとボーデン男爵が軍を率いて襲ってくる可能性がある。なので拠点と言うよりは砦だ。

旧ルーゲル領とバートレット領の境目にある小さな小川の南側に砦を建設することにする。

それもただの砦ではない。モットアンドベイリー式の砦だ。

どういう砦かと言うと平地や丘陵地域の周辺の土を掘り出して堀を形成し、その掘り出した土で小山や丘にする。

小山は粘土で固めて、その頂上に木造または石造の櫓を組み、丘を塀で囲んで貯蔵所や住居などを丘の頂上に建設する形の砦である。

幸いなことにすぐ傍を小川が流れていることから水堀にすることができるだろう。

「エリック。悪いんだけどそんな感じで頼む。お金はあるからヒマな奴全員使っちゃってくれ。ルーゲル村の人たちも」

「んー。まあわかった。やれるだけやってみる」

こうしてほぼ全てをエリックに丸投げしてハンスのもとへと急ぐ。ラムゼイが実家に戻ると両親は黒い服を着てクーンの喪に服していた。二人の悲痛な背中がラムゼイの胸を締め付ける。

「来たか。ラムゼイ」

ラムゼイに気が付いたハンスがラムゼイに声を掛けた。しかし、ラムゼイはどう対応して良いのかわからなかった。言われるがままに父の部屋へと赴き、必要な資料などを受け取る。この資料を見るのは一年ぶりだ。

村人たちへの周知もハンスがやってくれていたらしく、ラムゼイがやることはほとんど残っていなかった。

これでラムゼイは旧ルーゲル領を加え合計で四百人ほどの領民を抱える領主となったのである。

「まさか、お前が後を継ぐことになるとはな。これも因果応報と言うものだろう」

ハンスは寂しそうにそう呟いた。長男と次男に任せようと思っていた領地をまさか冷遇していた三男が継ぐとはハンスも夢にも思わなかったのである。

別にハンスも冷遇したくてしていたわけではなかった。跡取りである長男のポールにお金を掛けるあまり、三男であるラムゼイには構ってやれなかったというだけなのだ。

ハンスは何も悪くない。この時代の、この国の風習通りなのだから。

「父上と母上はこれからどうなされるのですか？　もし、当てがないのでしたら――」

ラムゼイはこの村に一緒に住みませんかと提案しようとしていた。しかし、両親は追放処分を受けた身。バレたら今度はラムゼイの身が危なくなってしまう。

「我々は王都に向かうことにする。妻の兄、つまりお前の伯父が宮中に勤めていてな。その伝手を使って私もそこで働くことにする」

「……そうですか」

「すまなかったな。今までまともに相手もしてやれんで。その割に、迷惑ばかりかけて」

ラムゼイはこれ以上、何も言うことができなかった。ただ、ただ黙って父の話を聞いている。

「あいつも、ポールも最初は悪いやつではなかったんだ。小さい頃なんかはお前を可愛がっていたんだぞ？　覚えているか？」

ラムゼイは静かに頷く。ラムゼイが小さいころは二人とも良き兄であった。いつからだろう、二人がイライラし始めたのは。

「私がポールに過度な期待を抱いたのがいけなかったんだろうな。この領を大きくしてほしい、と。

それからポールには学問も武術も習わせてきた。なけなしのお金を払ってな。その結果がこれだ。無理をさせ過ぎた、私の責任なのだろうな」

ハンスがそう言い終わると無言の時間が流れた。ハンスはもともと口が達者なほうではない。

しかし、そんな沈黙の時間も長くは続かなかった。もう、村を出ると。ラムゼイが振り向くと母のヘレナも準備は整っていた。ラムゼイの瞳には何故だか涙が溜まっていた。

「ラムゼイ、これを」

父から手渡されたのは一振りの片刃の剣。柄には蛇の紋様が刻まれている。丁寧な手入れが隅々まで行き届いており、今まで大事にされていたのが一目でわかる。

「我が家に代々伝わる剣だ。お前が持っていなさい」

無理やりラムゼイに剣を押し付けると二人は王都に向かって去って行ってしまった。

ラムゼイは頬を濡らしながら二人の後姿を眺めていることしかできなかった。その時、はじめて彼はハンスのことを父親と感じていたのであった。

王国歴551年3月15日

ラムゼイは村人に交じって一生懸命に土を掘っていた。新しい砦を築くための堀を掘っていたのだ。

あとは踏み固めて丘にするだけである。そこから先はエリックたち大工の仕事だ。

ラムゼイはやらなければならないこと、考えなければならないことが山積みになっていたのだが、身体を動かしたい気分であったのだ。というよりは何も考えたくなかったというほうが正しいだろう。しかし、そうも言ってられない。領主としてこの地を任された以上、正しく経営して領民を幸せにする義務が彼にはある。

「お、いたいた！　領主さまー！」

そんなことを考えていると向こうからジョニーが走り寄ってきた。

ジョニーはヘンドスの街から流れてきた青年の一人で、今はダニーのもとで兵士として頑張っている。

恐らくダニーが多忙のために駆り出されてしまったのだろう。ダニーは今や三十人近くいる兵士たちの長だ。

ジョニーはこちらに駆け寄ってきて手短に用件を伝える。

「領主さま。ヘンドリック辺境伯閣下からお手紙が届いております」

ラムゼイが中を開いて確認する。その手紙は召集令状であった。嫌な予感がしたラムゼイはエリックを呼びつける。

「エリック！　ルーゲル村の大工も使って良い。何しても良いから直ぐに砦を完成させてくれ！」

「あいよー！」

「ジョニー。砦が完成したら武器と防具と食糧を運び込んでおいてくれ」

「かしこまりました！」

ラムゼイはそれだけ指示を与えた後、着替えを持ってから急ぎヘンドスの街を目指して走り出した。

到着したのは夜遅くであったがダリルの屋敷の衛兵に用を話すと直ぐに屋敷内へと案内された。そこで衛兵から侍女へ案内係がバトンタッチされて石造りの小さな部屋へとラムゼイは通されたのであった。

「きたか」

「お待たせして申し訳ございません。閣下」

小さな部屋に通される前に侍女たちに身を清められ服も着替えたラムゼイ。なんとか体裁を整えることには成功したようだ。小さな部屋の中にはダリルの他に二人の男性が立っていた。

二人ともダリルと同い年くらいではあるのだが一人は軽薄そうな優男だ。もう一人は気の弱そうなおどおどした男性である。二人とも入ってきたラムゼイをジッと見ていた。

「ああ、紹介しよう。彼がラムゼイ＝バートレット士爵だ。ラムゼイ、このチャラそうな男がバークレー子爵の嫡男であるギルバード、もう一人の手汗がすごい男がロイド男爵の嫡男であるオリヴィエだ」

最初に手を差し伸ばしてきたのはギルバードであった。如何にも社交界に慣れているといった手つきで握手を交わす。次はオリヴィエだが確かにダリルの言った通り、手が汗まみれであった。

「よろしくお願いします。ラムゼイです」

「おう、よろしくなラムゼイ」

「よ、よろしくお願いします……」

ギルバードもオリヴィエもダリルとは幼少期の頃からの仲らしい。そして今でもその付き合いは続いており、何かダリルがことを起こそうと言うときは必ず巻き込まれる二人でもあった。

ギルバードはキザったらしい前髪を鬱陶しそうに払っている。ダリルが言っていたように軟派なイメージのある男性だ。

もう一人のオリヴィエはどこかチャーリーに通ずるものがあるとラムゼイは見ていた。オドオドしている感じがどことなく似ていたのだ。

一通りの自己紹介が終わったところで本題へと移る。本題と言うのはもちろんボーデン男爵の件である。ダリルは一枚の手紙をテーブルの上に置いた。それをギルバードが朗読する。

「なになに……えーっと、本来、ルーゲル領の後を継ぐのは嫡男であるポールである。ポールこそが正当な後継者でありラムゼイはその全てを速やかにポールへと返すべし。もし拒否されるなら全軍を持って奪還に行くであろう。だってよ」

そう言って手紙を投げ捨てるギルバード。この場にいた四人が目を合わせて頷き合い確信する。これは宣戦布告の手紙だと。

「まあ、こうも言い分が違ってしまっては戦って決着をつけるほかないが、開戦に踏み切ったとあればボーデン男爵の背後にはガーデル伯爵がいるとみて間違いないだろう」

そう。このマデューク王国でも一、二を争う武門の名家であるガーデル伯爵家が向こうに付いたのだ。これはダリルも相応の被害を覚悟しているだろう。

「とは言えだ。『全軍を持って奪還に行く』とあるが、これは真っ赤な嘘だと言うのはすぐにわかるな」

もし、本当に全軍でバートレット領に雪崩れ込まれたらラムゼイは紙のように吹き飛ぶだろう。ただ、そうなるとボーデン男爵領が全くのお留守となり、その隙にダリル率いる辺境伯領に全てを掻っ攫われるのは自明の理である。

「となると、多くても三〇〇くらいでしょうか……」

そう述べたのはオリヴィエだ。それに同意するように頷くダリル。ただ、本当に三〇〇の兵士が迫って来るとするなら、これも堪ったものではない。バートレット領の領民とほぼ同数で攻めてくると言うのだから。

「待て待て待て。ボーデン男爵の兵数なんて多くて五〇〇が良いところじゃないのか？　そのうちの三〇〇なんて使ったら領地はほぼ空のようなもんだぜ？」

これに異を唱えたのはギルバードだ。確かにボーデン男爵領の人口は五〇〇〇人程度であり、多くて五〇〇人も動員できないだろう。確かにその通りなのだがオリヴィエもダリルも違った見方をしていた。

「うん、ボクもそう思うよギル。そうしてボクたちをボーデン男爵領に誘き寄せてガーデル伯爵の兵でドンっと、ね……」

オリヴィエの考えを聞いてギルバードは納得したようであった。ガーデル伯爵は精強な兵を二〇〇は動員できるだろう。自領の守りに五〇〇を残したとしても一五〇〇は自由に使えるのだ。

その一五〇〇をそのままボーデン男爵の砦や城に潜ませてダリルたちが攻め込んだところを根絶やしにするのだろう。

城や砦を攻撃するには三倍の兵力を要するのは既知のことだと思う。もちろん、地形や兵士の練度、装備、士気そして天候に左右されるのは否めないが。

「こちらはどれだけの兵力を動員できるんだ？」

「私が二〇〇〇、オリヴィエが四〇〇、ギルが三〇〇、ラムゼイは……頼りにするな」

ラムゼイはそれであれば自分がなぜ呼ばれたのだろうと思ったのだが、それは自分は争いの渦中にいるからだと思い返すことにした。

「合計で二七〇〇か。これだと攻城戦は厳しいな」

そのギルバードの一言で会議が行き詰ってきてしまった。三人であーでもない、こーでもないと議論を交わす。

時折、家令のアンソニーさんが飲み物や軽食を運んできてくれるが、それ以外の来客は一切なかった。

「あのー」

ここで痺れを切らしたラムゼイが口を挟むことにした。三人の視線が一斉にラムゼイを捉える。

「なんだ？　ラムゼイ」

「まず、前提の確認なんですがこれは私と兄であるポールの継承争いに閣下とボーデン男爵が介入してきた、ということで良いんですよね？　で、お互いにあわよくば相手の領地を奪いたい、と」

これに無言で頷くダリル。彼は問題を簡素化するために、どこがボトルネックになっているのかを紐解き始めた。

ラムゼイはそのまま続けてもう一つ、三人に向かって質問を投げかけた。

「あと一つ質問なんですけど、この戦で先手を仕掛けるのは誰だと思います？」

「そりゃー お前……」

ギルバードがそこまで言って黙ってしまった。そう、この戦いは先手を取ったほうが苦しい展開を強いられてしまうのだ。

まず、ポール側が先手を取ってラムゼイのバートレット領に侵攻してきたとしよう。すると、その侵攻部隊をダリル率いる辺境伯軍に数の暴力で返り討ちにされてしまうのである。

そして、こちらが先手を取ってボーデン男爵の領土に仕掛けることにする。すると余った戦力でバートレット領やヘンドリック領を荒らされてしまうのだ。

「そうです。なので、こちらから仕掛けましょう」

「おま……自分で言ってそうするかぁ？」

「します。それも動員できる兵力全てを率いて行ってください。ただ、そうなると私の領地が襲われます。その対策として兵を五〇名、私のために割いていただければ何とか打開してみせましょう」

この一言で黙り込む三人。このラムゼイの判断を信じるか信じないか判断に悩んでいるようであった。そして、盟主であるダリルが一つの決断を下した。

「わかった。私の金で傭兵を五〇名雇ってお前の下につけてやる。ただ、何があっても自己責任だぞ」

「ええ、きちんと傭兵の指揮権は私にくださいね」

もちろん、ラムゼイは無策でこのような提案を行ったわけではない。確たる考えがあって提案したのだ。

ここからはラムゼイの基本案をベースに様々な戦略が練られて行ったのであった。

王国歴551年3月30日

「まだ出撃の許可は下りんのか！」

ポールが割り当てられた部屋の中をうろうろとゴリラのように歩き回っていたところ、部屋の扉がドンドンとけたたましい音を立てて鳴り響いた。

「ポールさま。コステロさまがお呼びです！」

「来たか！」

ポールは勇んで扉から飛び出すと、そのまま兵士の後をついていく。案内された部屋に入るとコステロの他にもう一人の男性が椅子に座っていた。

背筋は伸びており、如何にも武人というオーラを放っている初老の男性だ。その人こそがガーデル伯爵家の当主であるルドヴィグ＝フォン＝ガーデルであった。

「来たか。どうやら若造の辺境伯が兵を率いてこちらに向かっているらしい。その数はおよそ三〇〇〇。ほぼ全軍を動員したとみて間違いないだろう。お前に二〇〇の兵を預ける。さっさと自領を平定して参れ」

「はっ！」

ポールは首を垂れた。これで、やっとラムゼイに復讐を果たせると。

もちろん、兵を借りるのもタダではない。領地を取り返した暁にボーデン男爵の庇護下に入ることと兵の賃料を分割で払うことを強いられていたのだ。

「それから副官を一人付ける。上手く使うが良い」

「ありがたき幸せ。是非ともお役に立って見せましょう」

「もう良い。下がれ」

「では早速出立いたします。失礼します」

そう言って部屋を後にするポール。コステロの無礼な物言いも全く気になっていなかった。それほどまでに気分が高揚していたのである。

侍女の先導で貸し与えてもらえる一隊と合流する。年若い者と年老いた者が多い部隊であった。しかし、きちんと戦闘訓練を受けている兵士たちには違いない。

そしてその一隊の前に一人の女性が直立していた。この人物こそがポールの補佐として割り当てられたヴェロニカであった。

「お待ちしておりましたポール殿。私がこの隊を補佐するヴェロニカ百人長です。以後、お見知りおきを」

「うむ。私がポールだ。早速だが出陣するとしよう」

「はっ！　総員、出撃準備ぃ!!」

兵士たちが慌てて準備をはじめる。とは言え、出陣することはわかっていたので大方の準備は済んでいる。この分だと三十分後くらいには出陣することができるだろう。

その間にポールとヴェロニカが行軍のルートを定めていた。ここからバートレット領に向かうのは山を越えるのが一番ではあるが、その分疲労も溜まりやすく困難な道となっている。

「私としては迂回するルートを提案しますが」

「いや、迂回してしまうと時間が掛かる上に危険が伴う。北回りだとヘンドリック辺境伯軍に出会う恐れがある。南回りだと全く関係のないドミニク子爵の領地を通ることになる。誤解は招きたくない」

ポールの言うことは正論であった。ただ、ポールは貸し与えてもらった一隊の状況を把握できていない。

貸し与えられたヴェロニカ隊のもとには老齢な兵も多かったため、彼女としては険しい山道より、迂回して平坦な道を進みたいところであった。

「了解しました。それでは山を越えるルートで比較的穏やかな道で進軍いたします」

こうしてポールは二〇〇名の兵と共にラムゼイのもとへと向かっていったのであった。

時を同じくしてラムゼイもポールを迎撃するための準備を始めていた。

砦は領中の大工を集め、急ぎ完成させてある。堀は小川から引いた水で満たされ、丘の上に建てられた本丸は百人は余裕で入れる二階建ての建物となっている。

現在、ラムゼイたちは正規兵が三〇人に傭兵が五〇人の合計八〇人の部隊となっていた。

その横には食糧庫も完備しており、こちらは燃えにくいように土壁で建てられている。その中にはライ麦粉と豆、それから甕の中に水が常備してあった。

「おい大将。こっちの準備は完了してるぜ」

そうラムゼイに話しかけてきたのは傭兵団『黒鷺団』の団長であるホークであった。歴戦の勇士であろうホークは無精髭を生やしている快活な壮年だ。

ただ、傭兵だと言うのにアクセサリーを沢山身に着けてジャラジャラ揺らしている。俗にいう『イケオジ』だとラムゼイは見ていた。

「ありがとう。ダニーとの連携はどう？」

「問題ない。取り敢えずはダニーたち正規兵がオレたち黒鷺団の傘下に入る形となってる」

本来であれば正規兵団の中に傭兵団を組み込みたいところだが、如何せん正規兵が急増部隊だ。それであれば歴戦の傭兵団に指揮を取ってもらったほうが良いと判断したのである。

「わかってると思うが正規兵を無駄遣いしないでよ？」

「そいつは敵さんに言ってくれ」

こうして砦の整備が着々と進んでいく。丘の頂にある建物の屋根にはバートレット家の紋章である片刃の剣に絡みつく蛇が赤地の布に大きく描かれていた。

この紋章はラムゼイが考えたのだ。曰く、地を這う蛇の如くしぶとくこの世界を生き延びる、と。

「ジョニー。矢はどれくらいある？」

「あ、領主さま。矢は二百本くらい用意してあります」

「少ないな。ちょっと待ってろ」

ラムゼイはその場を離れてホークのもとへと駆け寄った。そして矢が足りないことを告げる。

「今から兵士全員で偵察がてら枝を拾ってきてもらいたいんだが、許可してくれる？」

「おう。それなら構わねぇぜ」

「ありがとう」

そう言ってラムゼイはジョニーのもとへと戻っていく。ホークはその後ろ姿を見て内心ラムゼイに感心していた。

というのも領主であるラムゼイが独断専行するのではなく、指揮官であるホークにきちんと確認、了承を貰った上で実行に移したからだ。

わかっていたからといって実行できるものではないからである。ここでならば良い仕事ができそうだとホークは少しだけ口角を上げたのであった。

ラムゼイたちの迎撃準備はその日も夜遅くまで続けられた。そして、急報が入ったのは翌日の早朝であった。

王国歴551年3月31日

「伝令！　伝令ーっ！」

一人の兵士が大声でラムゼイたちのもとへとやってくる。その声に一番に飛び起きたのはホークであった。続いてラムゼイ、ダニーと起き上がる。

「どうしたぁ！」

「ベバリー山脈の中腹で敵兵を視認。その数はおよそ二〇〇！」

その報告を聞いて一同に緊張が走る。しかし、ホークだけは悠々としていた。

「二〇〇かぁ。こちとら三〇〇と聞いていたんだがな。これなら楽勝だろ」

「おいおい、止めてよ。油断した結果、負けましたーなんてことは」

それを嗜めるラムゼイ。そんな緊張感のないやりとりに加わることができないダニーだけが緊張した面持ちで伝令に尋ねていた。

「あと、どれくらいで接敵する？」

「向こうも休息をとっておりました。早くて一時間後、遅くても三時間後にはここから視認できます」

「わかった。下がって休め」

「はいっ」

アーチボルトの指導の賜物か、兵士長として様になってきているダニー。しかし、初陣だからか緊張が高まり過ぎていると見たホークがその緊張を和らげるべく横腹を突き始めた。

「今から緊張していたら本番で持たねぇぞー。それよりも兵士たちを起こして準備させとけよー」

その言葉を聞いたダニーは直ぐに全員を掻き集めに行く。それを見て笑っているホークに今回の戦いの勝率を聞いてみた。

「どう？　勝てそう？」

「どうだろうな。やってみないとわからん。ま、数的には勝てそうだがな」

「そっかー。ま、言い切らない辺り逆に信頼できるんだけどね」

そんな会話をしているとダニーが走ってこちらに戻ってきた。ここで最終的な打ち合わせをすると言い出すホーク。

「良いか。全体の指揮はオレが見る。が、ダニーは二〇、ラムゼイは一〇の兵を率いろ。オレは残り……というか連れて来た五〇を指揮する。ただ、全体の命令には従え、それ以外は各自で判断しろ、いいな？」

「「はい」」

各自で判断しろとは大雑把な作戦である。だが、これはこの砦であれば自身の手勢五〇がいれば二〇〇の敵兵を抑え込めるという自信と、ラムゼイとダニーであれば馬鹿な真似はしないと信じての判断だ。

こうして戦いの火ぶたが切って落とされるのであった。

最初に意表を突かれたのはポールたちであった。

まさか、こんな短期間に砦を築いているとは露程も考えていなかったポールとヴェロニカ。

橋は上げられており、砦の内部へ侵入するには新たに橋を架けるか水堀を渡るかの二択しかない。

「どうするべきだ？」

ポールは副官のヴェロニカに尋ねた。素直に人に意見を聞ける辺り、ポールも暗愚な将ではない。

ヴェロニカは砦を注視してからその質問に回答した。

「話を聞いたところによると、向こうには熟練の兵がいないとのこと。一当てしても良いかもしれません。旗を見る限り援軍も来ていないようです」

「なるほど。じゃあ、まずはこのまま進軍するぞ」

「はっ！」

そう言って弓が当たらないギリギリの場所で停止するポール軍。そこで陣形を整え、突撃を命じようとした矢先であった。

ピュン。

ポールの頬を一矢が横切る。それに動揺して尻餅をつき後退を指示するポール。彼らは砦から三百メートル近く離れた場所で停止した。

ポールは弓の距離を見誤っていたのだ。何故見誤ったのか。それはラムゼイたちの砦にある大きな櫓に起因する。

確かに丘の上から狙ったのであればポールがいた場所には届かないだろう。しかし、砦内に用意されていた三十メートルの櫓の上からであれば届く距離だったのだ。

ただ、櫓は高ければ高いほど人を乗せることはできない。ラムゼイたちが用意した櫓も三人が限界であった。

それでも十分すぎる効力である。何せ敵は三百メートルを全速力で駆け抜けなければ良い的になってしまうからだ。

また、ラムゼイはあえて弓を多く用意させたのだ。砦に籠っている兵士の全員分だ。矢を当てようとは思っていない。弾幕が重要なのだ。

戦死の原因の大部分を占めるのは飛び道具によるものだとラムゼイは理解していた。恐ろしいのだ、飛び道具は。

これを好機と見たラムゼイは全員に大きな声で指示した。一言、笑えと。

砦のほうから聞こえてくる大きな笑い声。それを甘んじて受け入れられるほどポールは大人ではなかった。

ラムゼイが笑っていると考えるとその怒りは一入だ。ヴェロニカの忠告も聞かず、全軍に突撃を命じたのだ。

「全軍、突撃ぃー！　憎きラムゼイの首を獲れぇー!!」

一斉に走り出すポール軍。しかし、ポールはこの期に及んでも自軍のことを把握していなかったのだ。

体力が衰えている老年の兵士たちが砦に駆け寄る途中で次々と脱落していく。その者たちは櫓から良い的となっていた。

「まだだ。充分に引き付けてから放つぞ。まだ。我慢しろよ。……ってぇ!!」

「どんどん放っていけぇ！　奴らをこの砦に近づけさせるなぁ!!」

ホークとダニーは前線に立って敵に矢を雨の如く浴びせている。若い兵士たちもここまで駆けてきたせいか息が上がっていた。

一方、ラムゼイはと言うと側面と後方から奇襲が来ないか警備を行っていた。ラムゼイの抜け目のなさが良く表れている。

「ポールさま。このままだと壊滅します。一度退却を！」

「ちっくしょぉぉう！　引けっ！　引けぇっ!!」

油断からポールは初戦を黒星で飾ってしまった。その被害は死者と負傷者を併せて五〇名にもなったそうであった。

ポールたちは軍を引き遠巻きにラムゼイの砦を眺めている。砦を包囲するだけの充分な人員もなく何か策はないかと頭を酷使していた。

「何か良い案はないか？」

「王道ではございますが、夜襲を仕掛けるのは如何でしょう」

「本当に上手く行くと思っているのか？」

ポールにそう問いただされるとヴェロニカは黙りこくってしまった。しかし、黙ったからといって何か妙案が浮かび上がってくるわけでもない。

「やはり、ここは一時撤退をすべきかと」

ヴェロニカが意を決して言う。現状の兵力でラムゼイたちを打ち破るのは至難の業である。

そもそもラムゼイたちに対する情報が誤りだったため、作戦を練り直さなければいけないのだ。

当初は多くても四〇人程度という話であったが、実際は八〇名近くの兵が存在する。

それに加えて水堀に囲まれた強固な砦まで用意されているのだ。それをたかだか二〇〇名で何とかしようというのが無理難題であったのだ。

では、砦を無視してルーゲル村かバートレット村を襲うと言う選択肢をとるか。それはノーだ。どちらの村も自分の者だと思っているポール。そして自分の村を略奪する領主がいるだろうか。

「そうだな。いや、待て。うーん、もう少し、せめて一晩考えさせてくれ」

諦めきれないポールはヴェロニカにそう伝えた。しかし、その保留という判断が良くなかった。真夜中にラムゼイたちが襲い掛かってきたのである。ポールたちがやろうとして断念した夜襲を掛けてきたのだ。

ラムゼイが建てた砦は南側と北側に出入りするための橋を架ける場所が用意されている。しかし、その両方を使用せずに少人数で水堀を渡るとそのまま山に入ってポールたちの背後から急襲したのだ。

これを行ったのは傭兵団のホークたちだ。総勢五〇名で敵の中を暴れまわる。ラムゼイたちはホークたちが逃げ帰るための橋を下ろし、両脇に弓兵を待機させて帰りを待っていた。

慌てふためくポール陣営。それを楽しむかの如くホークたちは手当たり次第に襲い掛かっていた。

「取り乱すな！　固まって対応しろ!!」

的確な指示を飛ばすヴェロニカ。流石に分が悪くなってきたと判断したのかホークたちはあっさりと敵陣を突き破ってラムゼイたちが待つ砦へと入り込んだのであった。

「お疲れ様。敵陣の様子はどうだった？」

「ああ、ありゃ駄目だね。士気が下がってもう直ぐ瓦解するぞ」

「その言葉、信じて良い？」

「もちろんだ。オレが今までに嘘吐いたことあるかい？」

「そもそも言葉を交わしたのがここ最近だけどね」

ラムゼイは兵士たち全員に仮眠を取らせ、朝いちばんに出撃できるよう用意を整え始めた。

そして、ホークとダニーにこう伝える。朝駆けしよう、と。それに対し、ホークは好意的な表情を、ダニーは否定的な表情を浮かべた。

「おい待てよ。そこまでする必要はあるか？」

「ある。と言うかしなければならないんだ。落ちた犬は叩いて沈めろってね」

ラムゼイもここでポールとの因縁を終わらせたいという思いがあった。ただその一方で無茶をして被害を大きくしたくないと躊躇っている自分もいる。

そこでホークが良い提案を出してくれたのであった。

「まあ待て。ラムゼイの意見はそう悪くはない。おそらく、アイツらは近いうちに撤退するだろう。そのケツを思いっきり叩いてやれば良いのさ。オレの部隊とラムゼイの隊で敵を叩く。ダニーはここを死守してろ。良いな？」

こうして、ラムゼイはここで因縁を絶つべく行動に出るのであった。

王国歴551年4月2日

「伝令ー！　敵が撤退準備を開始しましたー！」

伝令が早朝に飛び込んできた。ラムゼイの指示が功を奏し兵士たちは英気充分である。

ラムゼイたちはすぐに全軍を招集し、追撃の準備に取り掛かった。

「ダニー！　お前も最初は付いて来い。おそらく敵の殿がいるはずだからそれを撃破したら別れるぞ！」

「りょ、了解です」

全員が手早く準備を済ませ全軍で敵の背後に襲い掛かる。

ホークが予見していた通りそこにはヴェロニカ率いる殿部隊が三〇名ほどこちらに向かって弓を構えていた。

「いいか、お前たち。決して情けを掛けるなよ。躊躇なく切り捨てろ。そして目の前の敵だけに集中するんだ。早く敵のケツに噛み付こうだなんて考えるなよ」

このホークの言葉を胸にしまってラムゼイは目の前の敵に対して剣を抜く。

八〇対三〇。数の上でも士気の上でもラムゼイたちが上であった。敵兵の顔に恐怖の色が映っているのがわかる。

しかし、ラムゼイはホークの指示通りに躊躇わず剣を振り下ろしたのであった。

「降伏すれば命だけは助けてやる！　武器を捨てて大人しく投降しろー！」

ホークのこの言葉で敵兵が次々に降参していく。端から殿軍に勝ち目などないのだ。

その一角でラムゼイたちの兵が騒ぎ立てていた。何事かと急いでそちらに向かうラムゼイ。

そこにはこちらに対して必死に抵抗する女性の姿がそこにはあった。

ラムゼイは全員を退かせ、その女性の前に進み出る。

「私がこの軍の指揮官であるラムゼイ＝バートレットである。名のある指揮官とお見受けする」

「……ボーデン男爵麾下のヴェロニカ百人長である。お相手願いたい」

ヴェロニカはラムゼイに対して一騎打ちをしろと持ちかけてきた。

しかし、ラムゼイも馬鹿ではない。大優勢の状況下で誰が一騎打ちなどするのであろうか。

「悪いがそれには乗れない。貴殿には投降してもらいたい。身の安全は保障しよう」

それに対しての返答は沈黙。しかし、ここに手間取っていてはポールがどんどんと奥へ逃げて行ってしまう。

それに対して焦りが出てしまうラムゼイ。ここは降伏した兵たちを人質に取るべきか。それとも殺してしまうのが最善か悩んでいた。

「くっ！　ダニー！」

「なんだ？　ラムゼイ」

「悪いんだけどホークに加勢してくれ。ボクが砦を守ってるから」

ダニーは一目見ただけでラムゼイが取り込み中だということを把握した。臨機応変に対応できるのもダニーの強みである。

二つ返事で答えるとダニー隊はホークの後を追って山の中へと消えて行った。

これで残されたのはラムゼイ隊の一〇名と縛られた捕虜が二〇名。それから未だ抵抗しているヴェロニカと息絶えた死体だけである。

「ふぅ、良いよ。これで君にいくらでも付き合ってあげよう。ただ、少しでも動いたら矢を放つからね」

そう言って後ろに控えている一〇名の中の弓兵に矢を番えさせる。流石にもう何もかもを諦めたのだろう。ヴェロニカは武器を捨てて投降を決断したのであった。

一方のホークは予定通りに逃げ出したポール軍のお尻に噛み付いていた。これは一方的な虐殺と化していた。

討ち漏らした分は後から合流してきたダニー隊がきちんと綺麗に掃除していく。

この掃討戦でホークとダニーの隊が討ち取った人数は一〇〇名にも上ったのであった。

「敵の大将には逃げられちまったか。ま、仕方ないわな」

そう言うとホークは敵の死骸から武器や防具、金品などを奪い取っていく。死人には無用のものだ、と。

ダニーたちもそれに倣って拾い集めていく。バートレット領はまだ豊かではないのだ。

結果、ポール率いるボーデン男爵軍は死亡、逃亡などの結果、その数を十八まで減らしてしまった。

そしてポール自身は命からがら男爵領の領都であるボスデンへと到着したのであった。

「お疲れさーん」

時を同じくしてホークがほくほく顔で砦へと戻ってきた。手には金目のもので一杯だ。

ラムゼイ軍の被害は死者が三で負傷が七である。死者はホークの部隊からであった。

ラムゼイは戦勝祝いと称して兵士全員にクワスを振る舞い、シチューも用意する。

それからダリルたちに伝令を走らせた。こちらは完勝したと。

「んで、これからどうするんだ？」

ダニーは手に入れた武器や防具を倉庫にしまいながらラムゼイにそう尋ねた。金目のものはちゃっかり懐にしまおうとしていたのでラムゼイがそれを制す。

「それはホーク次第さ」

そう言ってラムゼイはホークを呼び出す。すると酒に酔ったのか勝利に酔ったのかわからないホークがこちらに近づいてきた。

「お疲れお疲れー。どしたー？」

「この後のお話さ。どう？　黒鷺団はまだやれそう？」

「応ともさ。まだまだ稼がせてもらうぜぃ」

その言葉を聞いたラムゼイはにやりと笑った後、ホークに対してあっけらかんとこう言い放ったのだ。

「じゃあさ、ボーデン男爵領を滅茶苦茶にしてきてよ」

一方そのころ、ダリルたちはコード砦に襲い掛かっていた。この砦はボーデン男爵領の際《きわ》にそびえ立っており、ダリルのヘンドリック辺境伯領からは目と鼻の先である。

ダリル陣営はこの戦いに二七〇〇人を投入していた。対するボーデン男爵は一八〇〇ほどである。

兵力差は二倍にも届いていない。このままだと砦を攻略するのは難しいだろう。

「命を大事にしろよー。オレたちはここに敵を釘付けにしておけばそれで勝てるからなー」

そう言うのはギルバード。彼自身もそれで良いのかわからないのだが、ダリルがそうしろと言うので仕方なくそうしているのである。

ただ、減るのは時間と食料だけであり、兵士たちも消耗しないので、これで良いのだが。

しかし、これで三日間続けてこのやり取りをしている。いつになったら事態が進展するのかと、ギルバードはヤキモキしていた。

そんなギルバードのもとにラムゼイから一人の伝令が送られてきたとの情報が入った。彼はその伝令から報告を聞くべくダリルのもとへと足を延ばす。

すると丁度ダリルとオリヴィエが使者から報告を受け終わったところであった。

「なんだって?」

「使者からの話によるとラムゼイのほうは完勝のようだ」

「おおっ！　やるじゃねぇか。あの坊主」

ギルバードは感心していた。まさか本当に勝てるとは思ってもみなかったからだ。しかし、ふと思う。これからどうすれば良いのか、と。

そう考えているとダリルが突如として笑い始めたのだ。それも声を上げて。

あまり見ない光景にギルバードもオリヴィエもキョトンとしてしまったが、ダリルはそんな二人に構わず、新たな指示を出した。

「敵をここに釘付けにしろ。別に砦を攻略する必要はない。敵を見張りながら攻撃するんだ」

何か考え付いたダリルはそう指示を飛ばしたのであった。

ラムゼイは砦に戻り、一人の女性と部屋で対峙していた。ラムゼイは自衛のために剣を腰から下げているが、女性は手を後ろで縛られたままである。

「えーと、まず名前なんだけどヴェロニカで合ってるね？」

「くっ！　さっさと殺せ！」

「うん、話を聞いて。殺すつもりはないから。百人長ということだけど貴族の出？　それとも商人とか？」

「どうせ、この私を犯すつもりだろう！　さっさとすれば良いじゃない」

ヴェロニカは全くラムゼイの話を聞かない。聞いてくれない。

確かにラムゼイはお年頃であり、したいかしたくないかと尋ねられれば間違いなく前者である。

しかし、それは領主としてはあるまじき行為であることも十分に理解している。

いくら、人の口を塞いだところで戸は立てられないのだ。

とりあえず頭が冷えるまで放っておくしかないだろうと考えた矢先、ラムゼイの耳にきゅるぅという可愛い音が聞こえてきた。その音の発生源を見るとヴェロニカが顔を真っ赤にして俯いている。

「交換条件と行こうじゃないか。ご飯をあげるから君のことを聞かせてよ」

「……仕方ない。そういうことであれば吝かではないだろう」

こうしてラムゼイはなんとかヴェロニカを話し合いのテーブルに着かせることに成功したのであった。

「で、君は？」

「名前はヴェロニカ。年齢は二十。ボーデン男爵麾下《きか》の百人長だ。ボーデン領にあるモスマン商会の会頭と妾の間に生まれた子だ」

ヴェロニカはラムゼイから貰ったライ麦シチュー――とは名ばかりの野菜のごった煮だが――を口に運びながらそう答えた。ラムゼイの推測通り良いとこの出らしい。

「そうか。じゃあボーデン男爵に身代金を支払うよう伝えておこう。これで貴方は晴れて自由の身だ」

そう言うと自虐的な笑みを浮かべてヴェロニカは静かに首を横に振った。どうやら内情はもっと複雑なものらしい。

「ボーデン男爵は払わんだろうさ。もちろん、父であるモスマンもな。身代金を払うよりも買い付けにお金を使いたいのさ。二人とも」

流石は商業が盛んな地域だ。それを言われてしまってはラムゼイにも返す言葉がない。ヴェロニカは続けて言う。見ればわかるだろう、と。

確かに彼女が率いていた軍は若者と老人しかいなかった。これが何を意味しているのかわからないラムゼイではない。

しかし、そうなると困ってしまうのはラムゼイだ。ヴェロニカをずっと捕虜として捕らえているわけにはいかない。食事や見張りだって用意しなければならないし、その費用はそうそう安くはないのだ。

「わかっている。さぁ、私を奴隷商にでも売り飛ばし給え」

こうなってしまっては奴隷商に売り払うのが一般的だろう。もちろん彼女もそれを覚悟の上で軍人になったのだから。

「何？　じゃあ奴隷になりたいの？　もしかしてそういう趣味の人？」

「なっ！　馬鹿を言うな！　誰が奴隷になどなりたいものか！」

「じゃあどうしたい？」

ラムゼイがヴェロニカを真っ直ぐ見つめてそう問いかける。逡巡しながらもヴェロニカはゆっくりと口を開いた。

「やはり……国に帰りたい」

「そっか。そうだよね。まあ、やるだけやってみよう」

まさかそんな返しをされるとは思っておらず、きょとんとした表情をしているヴェロニカ。ラムゼイも身代金がもらえるならこれほど嬉しいことはない。

身代金を奪うためにラムゼイはそんなヴェロニカの考えを余所に更にある一計を企て始めたのであった。

◇

「ホランド将軍、大変です！　敵の攻撃が止みません！」

「そんなもん見ればわかっとる！　温存しながら戦え！　だが、決して砦を抜かせるな！」

ボーデン軍の客将、ホランドは焦っていた。いや、この場合は不安を募らせていると言ったほうが正しいだろう。

ここ毎日、ヘンドリック辺境伯軍は来る日も来る日もぬるい攻撃を仕掛けてくるだけなのである。絶対何かある。ホランドはそう考えていた。これはホランドの経験と読みから来る推察だ。そしてその読みは当たっていた。

伊達にマデューク王国一、二を争う武門のガーデル伯爵軍に身を置いているわけではない。今はボーデン男爵への援軍として男爵の客将の身分となっているが。

「大丈夫でしょう。この砦は今までに一度も破られたことはないのだから」

そう言うのはボーデン男爵軍の将であるトロットだ。如何にも英才教育を受けてきましたという風体のお坊ちゃまだ。将の位に収まるくらいなのだから優秀なのだろう。机上においては。

「将軍、敵から連絡が入りました！　『貴領の将、ヴェロニカを捕縛した。身代金を支払えば解放する』とのことです！」

「ええい！　それは男爵に早馬でお知らせしろ！」

どこだ。どこで仕掛けてくる。ホランドは彼の部下たちと地図を挟みながら延々と議論を交わしたのであった。

◈

コステロ＝デ＝ボーデンは部屋の中をうろついていた。というのもここから先、この戦をどう展開するべきか悩んでいたからである。

ガーデル伯爵から援軍として一五〇〇人の兵士が送られてきた。これであの砦が落ちることはないだろう。

しかし、戦の発端であるポールが完敗を喫してしまったのだ。そのせいで兵士を二〇〇人と将一人を失ったのである。

ちなみに件のポールは今、主犯として軟禁されている。彼が助かるにはここからダリル軍を潰さなければならないのだが、その望みは薄いだろう。

コステロとしてはどう引き分けに持って行くかを考えていたのであった。そんな彼に早馬が届く。

ヴェロニカ百人長以下二〇名を捕縛した。解放して欲しくば身代金を払え、と。

コステロはこの報が届くなり、すぐにモスマン商会の会頭であるモスマンを呼び出したのであった。

「娘を解放して欲しくば身代金を払えとさ。どうする、モスマン」

「是非とも払っていただきたいところですなぁ。領主として」

「悪いがない袖は振れんのだよ。何処かの馬鹿のせいで一八〇名の遺族に金を支払わなければならんのだ」

二人の視線が交差する。もちろん、お互いに頭の中で算盤を弾きながらであるが。

「しかし、捕虜を助けない領主となると兵に対して聞こえが悪くなるのでは？」

「なぁに。このようなものは大概知らぬ存ぜぬで押し通せるものよ」

これを見越してなのか、ポールに与えていた兵は周りから役立たずと鼻つまみにされている者たちであった。

ヴェロニカもその一人である。父親がモスマン商会の会頭であることから、コネで成りあがったと思われていたのだ。

もちろん、その実は決してコネなどではなく彼女が血の滲むような努力をして勝ち取った地位であり、コステロもその事実を知っていた。だからこそコステロとしては助けたかった。

「であれば、諦めるしかないですな」

そう言い出したのはヴェロニカの実父のモスマンであった。コステロはモスマンであれば娘のためにこの多額な身代金を支払ってくれるものだと思っていたのだ。

しかし、それは見当違いだったのだ。モスマンからしてみれば妾腹の娘などどうなっても良いというわけだったのである。

「身代金を立て替えてもらうことは？」

「これまでに散々立て替えてます故、こちらもカツカツでしてな」

そう。ボーデン男爵家も決して予断を許せるような財政ではなかった。その遠因はガーデル伯爵軍の糧秣などだ。

いきなり一五〇〇人分の糧秣を用意しなければならなくなったため、金子を湯水のごとく使ってしまったのだ。

そして、そこに遺族への支払いという追い打ちである。もうボーデン男爵の財布は底を突いてしまったのだ。

そして頼みの綱であるモスマン商会にお願いをしたのだが袖にされてしまった、というのが正に今の現状だ。

弱り目に祟り目とはまさにこのことだろう。そんなコステロのもとに更なる急報が飛んできたのである。

「伝令！　東側のアス村がバートレット軍に攻撃されています！」

「なんだと!?」

まさに寝耳に水の報告であった。まさか襲われる側のバートレット士爵軍がこちらを襲ってくるなど一毛たりとも考えに入れてなかったのである。

「敵の数は！」

「一〇〇にも満たないとの知らせが入っております」

「こちらの動かせる兵は!?」

「今は五〇ほどかと」

どうにか対処しないと領内が荒らされる一方である。しかし、数が足りない。このままぶつかっても被害を拡大させるだけだろう。

兵力を小出しにしては各個撃破の良い的だ。コステロは考え抜いた結果、ホランド将軍に援軍を出すよう依頼をするのであった。

◈

「じゃんじゃん燃やせぇ！　びしばし奪え！　逃げる領民には構うな！　俺たちは荒らせるだけ荒らすぞぉ！」

ホークが大きな声で指示を出す。彼はラムゼイに命じられた通りにベバリー山脈を越えてすぐにあるボーデン男爵領のアス村を襲っていたのだ。

無論、ホークとしても異論はなかった。なにせ村を襲って食糧や金品を奪って帰るを繰り返すだけの簡単なお仕事である。最前線に立たされるよりはマシと言うものだろう。

「よーし！　全部奪ったら村を燃やしてずらかるぞ！」

やはり傭兵団と言うだけあって手際は鮮やかであった。それを見守るダニー。彼は沈痛な面持ちを浮かべながら襲撃に加わっていた。

「おうダニー。しっかりと見とけ。これが戦だ」

辺りからは木が焼け焦げる匂いがする。どうやら村人たちに命に係わる被害は出ていないようだ。刃向かってきた者を除いては。

「本来であれば村人だって連れて帰るぞ。特に若い女や子供はな。だが、今回はしない。恩情とかじゃなくて荷になるからだ。本来であれば……わかるな」

ホークはダニーに教え諭すように伝えていく。ダニーは一つ頷くと両の手で頬を叩いて気合を入れ直し、自分の作業に戻るのであった。

その後ろ姿を眺めながらホークは思う。初陣がこの戦で良かった、と。負け戦の初陣など目も当てられたものではない。

全ての荷を奪い尽くすと、ホークたちはその荷を持ち帰るために東へと進路を進めたのであった。

◈

その略奪がほとんど終わった後にホランドはその報を耳にした。そしてそれを討伐するための兵を出せと言われたことも併せて。

「ここから兵を出せるわけないだろ!」

そう、向こうはこちらを監視しながら攻撃を仕掛けてきているのだ。兵たちも疲弊してきている。

しかし、ここで兵を派遣しなければ東からやって来た敵に領内を荒らされ続けてしまうのだ。

「いくら欲しいと言うのだ」

「三〇〇は必要かと……」

ここで三〇〇を失うのは痛い。まだ致命的な兵力差ではないが、万が一が出てくる確率が高まってしまう。それだけは避けなければならない。

「二〇〇だ」

「……承知しました。こちらの事情も察しております。急ぎ派遣をお願い申し上げます」

伝令に来た領都の役人を追い返して派遣する人材を選ぶ。できれば怪我人を多く連れ帰ってもらいたいが、敵の攻撃を防ぐことができなければ本末転倒である。

それにその二〇〇を率いる指揮官も選ばなければならない。ホランドはまたもや頭を悩ませるのであった。

◇

ダリルは天幕の中で爪を研ぎながらワインを飲んでいた。戦場だと言うのに何とも優雅である。

その天幕に痺れを切らしたギルバードがずかずかと入り込んできた。

「おいダリル！　いつまでこんなことを続ける気だ!?」

「いつまでって。そりゃもちろん勝つまでだよ」

「こんなこと続けてて勝てんのかよ！」

怒り心頭のギルバードの後ろにはオリヴィエも控えていた。これ幸いとダリルはオリヴィエの意見も伺うことにする。

「うーん、まだ焦る時間じゃないと思う。と言ってもこっちの食糧に気を使わないとだけど」

戦争は長引けば長引くほどお金が嵩んでいく。ダリルとてこのことは承知の上なのだが、そこは貴族。蓄えはあるうえに勝って相手から分捕れば良いと考えていたのだ。

「失礼します閣下！」

伝令の一人が天幕に入室してくるとすかさずダリルに耳打ちをする。その報告を聞いたダリルは嬉しそうな笑みをこぼし、すぐさま伝令を一人派遣した。

そうしてから二人に向き直ると、態度を一変させてこういった。

「ちょっとさ、一回だけ総攻撃を仕掛けてみようか」

王国歴551年4月3日

ラムゼイのもとに一人の伝令が到着した。その伝令はダリルからの伝令であった。

「閣下からのお言葉をお伝えします。『その調子で敵兵を減らせ』とのことです」

「閣下には承知したと申し伝えてくれ」

「はっ」

伝令は踵を返して駆け出していった。その後ろ姿を見てラムゼイは心が奮える。流石は辺境伯閣下だ、と。

ラムゼイはボーデン領を荒らして戻ってきたホークとダニーを呼び出して伝令の内容を伝えることにした。

「辺境伯閣下がまだ村を荒らして欲しいとご所望だ」

「欲しがるねぇ。辺境伯閣下は」

「ただ、今回は前回と同じようには行かないだろう。守りの兵も派遣されているはずだ」

そう言ってラムゼイは地図を広げる。それを覗き込む二人。三人が各々口を開く。最初はホークだ。

「一番近いアス村は潰した。となると次はモカ村かピナ村かトト村だと敵は読むだろう」

「しかし、三つも同時に守れはしないだろ？　どうするんだ？」

「え、知らない。だがボクたちは敢えてこっちに行くってのはどう？」

そう言ってラムゼイが指を差したのは領都であるボスデンであった。この提案には流石に度肝を抜かれたのかダニーは首が取れるほど横に振り回し、ホークは大声で笑い始めた。

「はー、面白い案だが現実的ではないな。何よりもこちらの被害も大きくなりそうだ。んー、そうだな。ここら辺を狙ってみるか」

「おい」

そう言ってホークが指を差したのはボーデン男爵領で二番目に大きな街であるフェルミだ。

ここはペンジュラ帝国に輸出される物資の積載所となっており集荷所となっており、襲われたらイヤな部分となっている。

「んー、そこも領都と同じくらい危ないんじゃないかな？」

「おい！」

「おう。だからここに派遣するのはオレの所の手練れ十人ばかしだ。こっちで騒ぎを起こしてもらってから少し離れてるゴズ村を襲うぞ」

「おいってば!!」

「なんだぁ？　五月蠅いなぁ」

先ほどから「おい」と声を掛けていたのは他の誰でもないヴェロニカだ。

ラムゼイたちはヴェロニカが囚われている部屋で作戦会議をしていたのである。

「せめて他の部屋で作戦会議をしてくれないか」

「悪いがこの砦にそんな余裕はないっ！」

胸を張って言い切るラムゼイ。兵士や捕虜に部屋を割り当ててしまうともう余分な部屋はないのだ。

ラムゼイは物は試しとばかりにヴェロニカにこの作戦の感想を尋ねてみる。

「敵軍の兵である私が答えると思うか？」

「でもその敵軍は君のことは助けてくれなかった」

そう言うと黙りこくってしまうヴェロニカ。別に虐めたいわけではないのでこの辺りでヴェロニカに話を振るのを止め、作戦開始と言わんばかりにホークとダニーを送り出すのであった。

ホークとダニーはその日の深夜のうちにゴズ村の近くの林に隠れていた。

ゴズ村はボーデン領の南側に位置し、陽動を仕掛けたフェルミの対極に位置する村だ。

「夜が白んできたら襲い掛かるぞ」

ここにいるラムゼイ軍の六〇名が辺り一帯が明るくなるのを今か今かと待っていた。

だんだんと月が白くなってきたころ、ホークが手を上げた。この手が降りたら突撃の合図だ。

各自が武器を構え直して金属が擦れる音がする最中、ホークは満を持してその手を振り下ろしたのであった。

大声を発しながら突撃していく兵士たち。村人たちもまさか戦場から遠く離れたこの村が襲われるとは思ってもいなかったようで全員が慌てふためいていた。

慌てて村長らしき人が出てくる。ホークに会うことを懇願していたため、兵の一人がホークのもとへと村長を連れてやってきた。

「こ、こ、このゴズ村には、な、何も、ございません。どうか、どうかご慈悲を」

「別に命までは取りはしない。攫う気もな。全員を一か所に集めれば命だけは助けてやる」

そこからの行動は早かった。ホークは隊を二つに分けた。一つはこれまで通り家の中を漁る隊だ。こちらには家探しに慣れてるベテランの兵を多く配置する。

もう一つは村人たちを一か所に集め、全員を素っ裸にした。もちろん、村人たちは嫌な顔をしたが背に腹は代えられないのだろう。

死ぬよりはと一人、また一人と服を脱いで兵士に渡す。この行為に疑問を持ったダニーはホークに尋ねてみた。

「何でこんなことするんだ?」

「村人ってのは油断ならねぇ奴らだ。こういうところに……色んなもんを隠しているもんさ」

ある一人の服の裏にはポケットが縫われており、その中にはお金が入っていた。それを見てダニーが納得する。そして着ている服も何もかもを奪ってから簡素な麻の服を一枚だけ渡したのであった。

「よし、じゃあ撤収」

村から金目のものはもちろん、食べるもの麦一粒残さず持って帰るホークたち。

村人たちの悲しそうな視線をその背中に感じながら。

◈

ゴズ村襲撃の報はすぐにコステロの耳に届いた。

コステロとしても対策として兵を二〇〇ほど用意していたのだが、どこから攻めてくるかわからず対応が後手となってしまったのだ。

さらに、フェルミの街で陽動があったのも痛い。対策の兵二〇〇の本体がそちらに向かってしまったのだ。

「……前線から兵を割いてもらうことは」

「難しいでしょう。なんでも前線では辺境伯の総攻撃が開始されたとの報告が上がっております」

むしろ、援軍の要請が来ていることを明かすコステロの家令。

向こうのタイミングで総攻撃が仕掛けられたため、兵の交代のタイミングを狙われてしまった。最初は二七〇〇対七〇〇となってしまったのだ。

気づいてからは善戦を続けてはいるものの、兵の補充ができずに徐々に劣勢に立たされているとのことであった。

コステロは頭を抱えてしまった。もう打つ手がないのだ。あるとすれば更にガーデル伯爵から援軍を送ってもらうことだが、到着するまでに時間が掛かりすぎる。

そうこうしている間にも村が一つ、また一つと焼かれていってしまうことを考えると、ここは早めに決断するしかないだろう。

「ヘンドリック辺境伯に和睦の使者を」

コステロはこれ以上の戦いは無理と判断し、辺境伯と和睦する意志を明示したのであった。

しかし、大変なのはここからである。これから和睦の条件を纏めなければならないのだ。

有利な側の辺境伯はここぞとばかりに無理難題を要求してくるであろう。

それを考えると頭が痛くなるコステロであった。

王国歴551年4月5日

ヘンドリック辺境伯領とボーデン男爵領の境であるゴーダ平原にテーブルとイスが用意されていた。

どうやらここで和睦のための交渉を行うようである。

ヘンドリック辺境伯側の出席者はダリルとラムゼイの二人。

対するボーデン男爵側の出席者はコステロとガーデル伯爵の名代であるホランドであった。その後ろには縛り付けられたポールが力なくへたり込んでいた。交渉の口火を切ったのはコステロであった。

「まずは、此度の戦に関して誠に申し訳なかった。我々もこのポールとやらに謀られていたのだ」

そう言って頭を下げるコステロ。つまりコステロは自身も騙されていた被害者であると暗に伝えたのだ。

「なるほど。それは心中お察しします。ですが、それとこれとは全くの無関係であり、こちらの再三の要求を跳ね除け軍を動かした事実は変わらない。なので、私としては誠意のある対応を要求します」

そう言ってダリルは自身の要求を伝えた。まず一つ目はこのゴーダ平原の全てをヘンドリック辺境伯の領土として認めること。それから賠償金として20万ルーベラを支払うことの二つである。

「待たれよ。何度も言うがこれは誤解からの戦である。閣下が証拠を揃えてボーデン男爵に突き付ければ起きなかった戦ではないのか？」

横やりを入れたのはホランドだ。そして彼の言う通りこの戦は未然に防げた戦である。

しかし、ダリルが軍事行動を起こしたかったため、敢えて起こした戦でもある。彼はそこを指摘してきたのだ。

「そもそもルーゲル卿は私の寄子なのですから早急に私に引き渡すべきだったのでは？　それを怠ったボーデン男爵にとやかく言われる筋合いはないと思うのですが」

「それを言うのであればきちんと寄子を管理できていなかったヘンドリック辺境伯にも遠因はあるでしょう。その責はどう取られるおつもりで」

会議は踊った。しかし、一向に進まなかった。このままだと行けないと判断したラムゼイが少しだけ横槍を入れることにした。

「ではボーデン男爵はどの程度の賠償が妥当だと？」

「……賠償金5万ルーベラというところでしょうな」

この発言には流石のダリルにも火を点けてしまったようだ。大きく深呼吸した後、ダリルは笑顔でこう言った。

「よろしい。ならば戦争だ」

そう言って席を離れ全軍に通達を告げようとするダリルを見て慌てたのがホランドだ。向こうにはギルバードとオリヴィエ、それに二五〇〇を超える兵が前線に駐屯している。早馬が出れば戦闘は再開されてしまうだろう。

それに対し、こちらは一五〇〇の兵はいるが指揮官がトロットしかいないのだ。これでは砦が落ちるのも目に見えている。

ボーデン男爵がお金だけでなく軍事にも目を向けてくれればとホランドは思いながら口を開いた。

「わかりました。ではゴーダ平原の割譲で如何でしょう」

その言葉を聞いて戻ってくるダリル。どうやら彼の琴線に触れたらしい。

ホランドの横ではボーデン男爵が彼を睨みつけているが、それを無視してダリルと話を進めてしまう。

「それだけでは足りないな」

「では5万ルーベラお付けしましょう」

「15万」

「切り良く10万。もうこの辺りにしましょう、お互いに」

そこには歴戦の兵《つわもの》であるホランドの凄みが出ていた。これ以上駄々を捏ねるならガーデル軍の全軍を持って対峙する、と。

「仕方がない。それでボーデン男爵が納得するのであれば、な」

そう言ってコステロを見るダリル。内心、納得していないようであったがホランドの強い眼光に気圧され頷いてしまった。それを見て満面の笑みになるホランド。

「重畳。では、これで停戦ということで——」

「お待ちください！」

ホランドが停戦の調印に移ろうとしたその時、ラムゼイが声を上げた。

そう。彼は勘違いで襲われるという被害を被った一番の張本人なのである。

「ボクとの交渉がまだ済んでないでしょう？」

笑顔で言い放つラムゼイ。これにはダリルも笑いをこらえきれずに噴き出してしまった。そして、これに噛み付いたのは他でもないホランドであった。

「何を言うかこの小童ぁ！　貴様などお呼びではないわっ！」

「お呼びでない？　おかしなことを言う人ですね。私は一番の被害者ですよ？　それなのにお呼びではないと言うのですか？」

丁寧な言葉ながらも語気を強めて話すラムゼイ。この正論には誰も反論ができなかった。そして場が静まり返った後、ラムゼイが静かにこう言った。

「ボクに対して、どう償ってくれるのでしょう？」

これに真っ先に答えたのはホランドであった。ポールの身柄を引き渡すからそれで穏便に済ませ、と。

しかし、ラムゼイはホランドのように実より名をとる人物ではない。コステロと同じく名より実を取る人間である。

「そんなもん要りませんよ。それをもらって領民は喜ぶんですか？　その辺にでも打ち捨てといてください」

そう言われてしまっては返す言葉がない。ラムゼイは武人ではなく領主なのだ。領民が喜ぶ提案をしない以上、受け入れることはできないと暗に伝えたのである。

「その方は散々我が領を荒らしたであろう。それで勘弁してくれ」

「残念ながらあの行いは辺境伯閣下が雇った傭兵の仕業でしてこちらには1ルーベラすら入ってこないのですよ」

これは嘘だ。ホーク率いる黒鷺団との取り分は半分ずつとこの戦の前に決めてあったのだ。

しかし、ここでそれを馬鹿正直に言うものは誰一人としていないだろう。ラムゼイも当然そうする。

「我らとの境であるベバリー山脈を丸っとやろう。それで勘弁してくれ」

「それは麓もいただいても？」

「いや、山のみだ」

正直、麓まで貰おうが山だけだろうが大して違いはない。麓まで貰ったところで有効活用などできるはずもないのだ。

それよりもボーデン男爵を怒らせないギリギリのラインはここだろうとラムゼイは判断していた。

それに山を握ることは麓も握ることになる。もし仮に土砂崩れが起きてしまえば麓がどうなるかは言うに及ばない。

ただ、それが発生した際にラムゼイのせいにされても困る。我々に責はないという証明を念のため貰っておくことにする。

「それで構いません。もし土砂崩れが起きたとしても我々に責任一切ないと一筆いただけるのであれば」

「良いだろう」

「それから、捕虜となっているヴェロニカ百人長以下二〇名の身代金を――」

「いや、返還しなくて結構」

これにはラムゼイも驚きを隠せなかった。まさか断られるとは思ってもいなかったからだ。

総数で五〇〇人の軍隊の百人長と言えば上から数えたほうが早いくらいの大物である。ボーデン男爵はそれを要らないと言ったのだ。

「今回の賠償金だって一括で払うのは無理だ。その上身代金まで払えと？　そんなことできるわけなかろうに」

自嘲めいた言い回しをしながらもラムゼイにその理由を明かす。どうやらコステロのところには本当にお金が残っていないらしい。

「そうですか」

そう呟くのがラムゼイとしても精一杯であった。

それから調印も恙なく終わり、無事に停戦が結ばれた。ダリルは自軍に撤収を命じるために前線へと戻っていった。ラムゼイも戦が終わったことを伝えるために自領へと戻る。

ただ気がかりなのがヴェロニカだ。やはり領民のことを思うと奴隷として売ってお金にしなければならないだろう。重い足取りのままラムゼイは一人、自領へと帰った。

なお、この会談場所に残されていたのは、縛られたままの遺体だけだったと言う。

ラムゼイが砦へと戻ってきたのは夜が遅くなってからであった。

兵士たちは既にクワスで一杯やっており、陽気に歌を歌っている。

ラムゼイは自室——と言ってもそこにはヴェロニカがいるのだが——に戻りダニーとホークを呼び出す。

二人は直ぐにラムゼイの部屋へと飛び込んできた。

「いよーう大将！　やったな！」

「まだ何も言ってないけど」

「でもよぉ。戦は終わったんだろ？」

「そりゃ、まあ、うん」

それを聞いた途端にダニーは砦中を駆け巡っては勝利の報告を流した。そんなダニーとは違い、大人なホークは冷静にラムゼイと話をしている。

「停戦の条件は？」

「辺境伯にゴーダ平原と10万ルーベラの支払い。ボクにはベバリー山脈の割譲だけだ」

「まあ村も荒らさせてもらったし、こんなもんだろ」

そう言って一枚の羊皮紙を渡すホーク。そこには村から奪ってきたお金と品物のリストがずらーっと並べてあった。

それを眺めていくラムゼイ。お金は合計で7000ルーベラとなり、その他に食糧や反物、鉄器に調度品となっていた。

「食糧と反物、それに鉄器をちょうだい。それ以外は全部あげるよ」

「ほう？　話のわかるやつだな。構わねぇぜ」

ラムゼイとしてはお金には困っていない。なにしろ辺境伯から貰った大金があるのだから。

ホークはすぐに手配すると言ってダニーを連れてこの部屋を後にしてしまった。残されたのはラムゼイとヴェロニカだけだ。

正直、ラムゼイは居心地が悪かった。なんて声を掛けたら良いのかわからないからだ。

しかし、ヴェロニカも馬鹿ではない。そのラムゼイの様子で自身の処遇を察したのだろう。

「そうか……やはりダメだったか」

「……まあ、はい」

これ以上隠していても仕方がないとラムゼイは尋ねられたことに対して正確に回答した。

そう聞いた途端、ヴェロニカはスッキリした表情になった。

「だろうな。わかりきっていたことだ。さあ売り飛ばすなり何なり好きにしてくれ。なんなら今、私の身体を楽しむか？」

ヴェロニカは自暴自棄になりながらベッドに倒れ込んだ。ラムゼイはそんなヴェロニカを寂しそうに見つめる。おそらく、ラムゼイは彼女に同情しているのだろう。

大商会の会頭の愛妾の子として生まれたヴェロニカ。そこにはラムゼイが想像もつかないほどの苦労があったに違いない。

にもかかわらず、最後はあっけなく蜥蜴の尻尾切りと言わんばかりに切り捨てられるのだ。自身の保身のために。そう思うと、この言葉が自然と口から飛び出していた。

「ヴェロニカ。ボクのところに来る気はない？」

「……」

「その、ボクに仕えて欲しい。流石に君を売るのは忍びない」

ラムゼイは胸襟を開いて自分の思いを伝えた。ヴェロニカはそれを黙って聞いている。そう、黙ったままだ。

おそらくヴェロニカは自身の部下たちのことを考えているのだ。自分だけ助かって部下が奴隷として売られるなんていう不名誉には耐えられないのだろう。そこで、ラムゼイは卑怯だとは思いながらも一計を案じることにした。

「もし、ヴェロニカが仕えないと言うのなら捕虜をまとめて奴隷商に売り飛ばす」

「……では、仕えるとしたら？」

「ヴェロニカが忠誠を尽くして仕えるというのなら、部下は解放すると約束する」

「そう。そうか。それなら、忠誠を誓おう」

そう言うと、ヴェロニカは手を後ろ手に縛られたまま跪きラムゼイに忠誠を誓う。ラムゼイは直ぐにヴェロニカを自由にすると父から譲り受けた片刃の剣でヴェロニカの両肩を叩いた。

外からは夕日が差し込んでおり、二人は逆光に包まれた。その年若い領主と薄幸の乙女のシルエットは教会での叙勲と遜色ないほど美しい姿であった。

バートレット英雄譚

第六章

ラムゼイがポールとクーンを下したという事実は瞬く間にバートレット領とルーゲル領に広まっていった。バートレット領は歓喜に沸いていたのだが、なぜかルーゲル領でも歓喜の声が満ちていた。というのも、跡取りのポールの評判が悪かったせいである。そのお陰でルーゲル領でもお祭り騒ぎの状態となっていた。

「おーい、ラムゼイ！　お前も来いよー！」

そう声をかけたのは気心の知れたダニーである。ダニーとエリックが中心となって戦勝のお祭りを開こうという運びになったのだ。お陰でゴードンはてんてこ舞いである。

ラムゼイも旧ルーゲル領を併合するために東奔西走していた。宴に顔を出すのは億劫ではあったのだが、顔を出さないわけにもいかない。

とは言え、領主が居ては騒ぎにくいのも事実。この辺りの塩梅が難しいとラムゼイは感じていた。

「ああ、何か差し入れを入れる必要もあるよなぁ」

貯めてあるクワスを振る舞うことにする。大樽を二つまでなら開けて良いと皆に伝える。ダニーとエリックが叫びながら樽からクワスを掬っていた。

祝いの宴を一通り眺めるラムゼイ。それを見て実感する。勝ったのだ、領を守り切ったのだと。

ラムゼイにとって今回が初陣であった。いや、ラムゼイだけではない。ダニーにとっても、バートレット領の兵士たちにとっても、その大半が初陣であった。

今になって震える。戦いがあんなに恐ろしいものだとは思っていなかった。

ただ、なんにしても守ることはできたのだ。

「領主様ぁ！　有り難く飲ませてもらってますぅ！」

ジョニーが上機嫌でラムゼイに話しかけていた。普段の彼であれば領主にこんなに気軽に話しかけられないだろう。でも、今は酒に酔って気が大きくなっているのだ。

「そうか、これもジョニーが頑張ってくれたからだよ。ありがとう」

「勿体無いお言葉で……これからも頑張りますっ！」

感無量と言った表情でそう叫ぶジョニー。ラムゼイはジョニーに楽しんでと伝え、自身は執務室に戻った。

「なんだ、こんな日なのにまだ仕事してんのか？」

やって来たのはダニーだ。手には革の水筒を握っている。その中に入ってるのはクワスだろう。それを投げてラムゼイに渡す。

「ありがと」

ラムゼイは水筒に口を付ける。喉が渇いていたところだったのだ。良いタイミングである。

「ふぅー。何とかなったな」

そう言って机に腰掛けたダニー。どうやらダニーも今回の戦は考えることが多かったようだ。それだけ大事なのだ。人を殺すと言うことは。

「ホントにね。ダニーにも感謝してるよ」

「止せよ。オレとお前の仲だろ？」

ダニーは窓の外に目を向ける。ラムゼイも釣られて視線をそちらに送った。

そこでは領民たちがまだまだ酒を飲み笑っている。この笑顔をラムゼイとダニーが守ったのだ。村を守るために敵を殺す。そして部下にも殺せと二人は命じなければならないのだ。

「さて、じゃあオレは行くわ」

「うん、ありがとう」

ラムゼイは理解していた。ダニーが心配して様子を見に来てくれたということを。

勝利に酔いしれる領民を見ながら、この幸せがいつまでも続くことを願うラムゼイであった。

王国暦551年4月7日

「よし、これで外敵はいなくなったな！」

翌日、ラムゼイは息巻きながら屋敷の表に出た。これから村をさらに発展させるために、せっせと木材を集め始めた。

「ラムゼイぃ。どんどん伐って良いのぉ？」

「ああ、構わないよ」

何を作ろうとしているのかと言うと、食糧庫である。これらを増産しようとしているのだ。

というのも、兵数が増加し必要となる食料の量が増えたためである。

ロジャーが木を伐り、ラムゼイが種である松かさを植えていく。後は放置。運に任せるのみである。

ちなみに、この木材をすぐに使うわけではない。今回は既に加工された角材を使用する。

使用すると減るわけで、今回伐った木は乾燥させて次の出番を待っている運びとなる。

あとはエリックと協力して食糧庫を組み上げていく。そこでラムゼイはちょっとした工夫を凝らすことにした。

「エリック。建物なんだけど、ボクの身長くらい足を拵えて無駄に高くできる?」

「そりゃできるが……そんなことしてどうすんだ?」

入りにくいだけじゃねぇか、と呟くエリック。確かに物の出し入れは大変になるのは否めないだろう。ただ、そのデメリットを補って余りあるメリットがあるのだ。

高床にすると地面から離れるため、風通しが良く、湿気や埃を避けることができる。

また、傷みにくく、衛生を保ちやすくなり、品質を維持しやすくなるのが大きいとラムゼイは考えていた。

それから害獣に荒らされる心配も減る。もちろん、高床倉庫の足を折られてしまっては全てが台無しである。

なので、足は重点的に太く作るとして、後はネズミ返しを付けておく予定である。作り方をエリックに指示する。

一番の害獣はネズミである。食べ物を食べ尽くすし、病気を媒介するしで良いことがないとラムゼイは思っていた。

試行錯誤しながら十畳ほどの高床倉庫をモットアンドベイリー式の砦の中に作り上げた。

収納できる食料は百人の兵士が三か月は飢えない量だろうか。

これでポールやボーデン男爵よりも大きな貴族に大軍で攻め込まれても持ち堪えることができる。

「これで防備は大丈夫だ。だってボクたちはヘンドリック辺境伯が援軍に来てくれるまで耐え忍べば良いだけなんだから」

満足そうに頷くラムゼイ。この高床倉庫だって、一日や二日で建てられたわけじゃないんだ。大切に使っていきたい。

そうラムゼイは考えていたのだが、事はそう簡単に運ぶことはなかった。

王国暦551年4月11日

後日、金髪をなびかせた均整な顔立ちの男が執務室に駆け込んでくる。

「ラムゼイ！　大変だ！」

「どうしたの？」

執務室ではラムゼイが村の今期の収益を計算している最中だった。

頭を抱えているところを見ると、村の収益が良くなかったのか。それとも単に疲れているだけなのか判断が付かない。

声色が弱々しかったところから察するに、おそらくは後者だろう。

「食糧庫がネズミに荒らされるぞ！」

「えぇ!?」

急いで食糧庫に向かう二人。そこにあったのは破れた袋と散乱した麦であった。袋は明らかに食い破られている。

ラムゼイは他におかしな点がないか隈なく調査する。しかし、これと言った点は見当たらない。

ネズミ返しも機能しているし、壁に穴も開いていない。それに新築だ。歪みもまだ発生していない。

となると、考えられるのは人の出入りと一緒に入ってしまったパターンである。さて、これをどう防ぐべきか。

「猫、飼うか」

「は？」

突然、ラムゼイがそう独り言ちる。そして立ち上がる。

ダニーが自身の主であり悪友の頭がどうかしてしまったのかと危惧してしまったほどだ。

「何呆けてるんだ。ダニーも猫を探してきてよ」

「いや、なんでだよ」

「そりゃネズミの天敵が猫だからに決まってるでしょ！」

そして続け様に「トムを探すんだ、トムを！」と叫ぶラムゼイ。ダニーの頭には終始、クエスチョンマークが浮かんでいた。

王国歴551年4月12日

それからラムゼイは総動員して猫を集め始めた。子猫が生まれたと聞けば、それを一匹譲ってもらう。

野良猫に困っているという話を聞けば、駆除するという名目でそれらを必死に確保、保護していた。

「ヴェロニカ！　ほら、そっち行った！」

「え、わ、はいっ！」

ラムゼイがヴェロニカと協力して野良猫を捕まえようと試みる。のだが、流石は野良猫。俊敏に逃げるお陰で捕まえることができずにいた。

こんな仕事になぜヴェロニカを連れて歩いているのか。それは彼女との仲を深めると同時に、周囲の人間と彼女との仲を取り持つためである。

ラムゼイとしては彼女に一刻も早くバートレット領に馴染んでもらいたいのだ。

「そんなに猫を用意する必要があるのでしょうか？」

ヴェロニカが尋ねる。既にもう数匹の猫は確保できている状況だ。

「そりゃ、子猫だけじゃネズミを狩ることができないでしょ。お手本となる大人の猫がいないと」

口ではそう言うが、純粋にラムゼイが猫を飼いたいだけでもあった。彼は今までペットという存在を飼ったことがないのだ。

彼はこっそりと子猫を一匹、屋敷の自室に連れ込んでいた。

下がり眉で悲しげな表情を常に浮かべている、瞳がやや赤みがかった黒猫の子猫だ。

「うーん、名前はどうしようかな」

子猫を胸で抱えながらベッドに腰掛ける。子猫が甲高い声で「みゃぁ」と鳴いた。

「ポチは犬の名前だし、タマだと芸がないよなぁ。猫だしライオンっぽくレオ？」

うんうんと唸りながら子猫の名前を決める。そこではたと気が付いたラムゼイ。この子はオスなのだろうか。それともメスなのだろうか。

「失礼しまーす」

ラムゼイは子猫の股間をのぞき込む。そして確信する。この子はオスであると。なので、オスっぽい猛々しい名前を付けてあげなければならない。

「強そうな名前……リチャードとか？」

それは獅子心王だとセルフで突っ込みを入れる。力尽きたラムゼイは子猫のお腹に顔を埋め始めた。

「あっ！」

びっくりした子猫は脱兎の如く逃げ出す。しかし、この部屋に逃げ場はない。動転した子猫は部屋の中を縦横無尽に駆け巡り、飛び跳ね回る。

そんな中、タイミング悪くダニーがラムゼイの部屋を開けようとドアの取っ手に手をかけた。

「おーい、ラムゼ――」

「開けるなぁーっ！」

「おぶっ！」

ラムゼイはドアに飛び蹴りをかまし、無理やり扉を閉める。今、開けてしまうと子猫が逃げ出してしまう。

なんとか隅に追い詰めて、ラムゼイは怯えている子猫をそっと抱き上げた。

それと同時に自身の軽率な行いを反省し、恥じた。猫の香りを楽しむのはもっと心を打ち解けさせてからのお楽しみだと自分に強く言い聞かせて。

「で、何か用?」

「いってぇ。何やってたん……どうしたんだ、それ?」

「どうも何も、ボクの相棒だけど?」

「みゃぁ」

ダニーが子猫に指を近づける。まだ興奮していたのか、鋭利な爪でその指を撃退した。ダニーの指は赤くミミズ腫れになってしまった。

「いってぇ!」

「迂闊に手を出すからだよ」

自分のことは棚に上げてケラケラと笑うラムゼイ。

そして先程からの騒ぎを聞きつけてヴェロニカがラムゼイの部屋に駆け込んできた。

「何事ですか!?」

血相を変えて飛び込んできたのも束の間、ラムゼイの腕に抱えられている子猫を見て事情をおおよそ察知したヴェロニカ。ほっと安堵の溜息を吐く。

「それはネズミを狩らせるための猫では?」

「いやぁ、ほら、一匹くらいは良いかなって、ね?」

「まあ、構いませんけども。それでこの子の名前はなんていうのですか？」

「それが……まだなんだ」

ラムゼイは「オスなんだけども」と付け足し、名前に悩んでいることを明かす。

普段の決断は早いラムゼイだが、こと名前だとか他人の一生を左右する事柄は延々と考える癖があるのだ。

「オスか。じゃあ、ライゼルバッハグレートで決まりだな！」

そういうダニー。本人曰く、強そうで格好良いからだそうだ。それ以外の根拠はないとのこと。

「はぁ。全く、貴方はセンスがありませんね。この可愛いお顔にそんなゴツい名前は似合いませんよ」

「じゃあ、ヴェロニカには何か案があるの？」

ラムゼイが瞳を輝かせながらそう尋ねる。ヴェロニカはもちろんと大きくうなずいてから、こう言い放った。

「ペコちゃんです！」

どうだと胸を反らして自慢気のヴェロニカ。それとは対照的に静まり返るラムゼイとダニー。

(そのセンスは、ない)

珍しく二人の意見が合致した瞬間であった。ここまで自信満々だと逆に清々しさすら感じられる。

「どうでしょう！　ラムゼイさま」

「あー、うん、そうだなぁ」

P
?!

ラムゼイはのらりくらりと明言を避けながらダニーの足を踏む。これはダニーが指摘しろのラムゼイなりの合図であった。

（えー、オレかよーっ！）

（ボクから切り出せないでしょ！）

「何をコソコソお話ししているんですか？」

その時、ラムゼイにはヴェロニカのこめかみに血管が微かに浮き出ているのを察知した。ダニーより先んじて声を上げる。

「なんか！　なんかダニーが言いたいことがあるって!!」

「ほう。ではダニーさん。言いたいこととは何でしょう？」

「いや、その、だな……」

目を泳がせるダニー。しかし、覚悟を決めたのか。意を決してダニーが口を開いた。

「ヴェロニカってネーミングセンス皆無なん――」


パシィン！


甲高い音が部屋中に響き渡る。そしてダニーが地面にゆっくりと倒れこんだ。頬に紅葉のマークを付けながら。

「貴方にだけは言われたくないわっ！　何よ、ライゼルバッハグレートって。寒いこと、この上ないわよ！」

「はー？　ペコよりはマシだっての！　猫だぞ！　しかもオスの！」

頬を引っ叩かれて覚醒したのか、ダニーが売り言葉に買い言葉とヴェロニカの付けた名前を扱き下ろす。ラムゼイはおろおろするばかりだ。

この状況を打破するには子猫に名前を付けて不毛な争いを終わらせるほかない。そう思ったラムゼイは大きな声でこう言った。

「コタ！　この子の名前はコタにする！」

四つの目、二つの視線がラムゼイを捉える。彼の飼う猫なのだからラムゼイに命名権があるはず。だというのに、何故か彼は二人に見つめられ酷く緊張していた。

「まあ、悪くないんじゃないの？　呼びやすいしな」

「ラムゼイさまがそう仰られるなら私からは何も」

ホッと胸を撫で下ろすラムゼイ。それから腕の中にいるコタに「コタ、コター」と話しかけながらお腹を優しく撫でたのであった。

それから、コタは屋敷の人気者となり、彼が主まで上り詰めるのはそう時間のかかる話ではなかったという。

王国歴551年4月15日

「訓練しましょう！」

ラムゼイの元を訪れたヴェロニカは開口一番、こう言い放った。

「いや……訓練ならしてるでしょ？」

「そうじゃないんです。もっと本格的な訓練を望んでいるんです！」

彼女が言うには、より実践的な訓練がしたいとのこと。俗に言う試し合戦をしたいと言ってるのだろう。しかし、ラムゼイは消極的であった。

「いやー。それ、怪我しない？」

「何も本物の剣を使うわけじゃありませんよ。あくまで木刀です」

木刀でも危ないことには変わりないのだが、とラムゼイ。ヴェロニカをちらりと見る。完全にやる気スイッチが入っているようだ。

さて、どうしたものかと頭を悩ませていたところに、生贄もといダニーが入ってくる。

「じゃあ、その話はダニーと進めておいて」

「へ？」

「承知しました！」

またしても巻き込まれてしまったダニー。この件でラムゼイはダニーに「最近、オレの扱いが雑過ぎる」と怒られたのはまた別の話であった。

◇

後日、ヴェロニカから二十対二十の本格的な試し合戦を行うとのことで呼び出されたラムゼイ。

どうやらヴェロニカが防御側、ダニーが攻撃側に分かれて模擬戦を行うとのこと。

「ラムゼイ様もこれを」

「え、何これ？」

渡されたのは大きな旗。ラムゼイと同じ高さはあるであろう旗だ。

「大将の証です」

「え？　ボクが大将なの？」

「当たり前じゃないですか。全滅するか、大将が倒されたら私たちの負けです」

逆にダニーのチームはアーチボルト翁が大将役らしい。老人は労わってあげて欲しいと心から願うラムゼイ。

「ん？　ってことはボク、ダニーチームの全員から狙われるってこと？」

「はい、そうですよ？」

ようやくそのことに気が付いたラムゼイ。何を今さらと言った表情でヴェロニカが答える。アーチボルト翁の心配をしている場合ではないのである。

「さ、さっさとアーチボルト翁を倒すぞー！」

「無理を申さないでください。向こうが攻め手なのですから陣がどこに敷いてあるかわかりません」

「え？　それじゃあ攻め手が有利じゃないか！」

「そうとも言い切れませんよ」

不敵な笑みを浮かべるヴェロニカ。どういうことなのかと心配していたラムゼイだが、その疑問はすぐに氷解した。

ヴェロニカはこの地点の周囲を十名の兵士で掘り始めた。残りの兵士は柵を拵えている。

そう、ヴェロニカはこの地を要塞化しようとしているのだ。堀と柵を用意されたらダニーも容易に攻め込めなくなるだろう。

ヴェロニカが陣取っているのは小高い丘の頂上だ。見晴らしも良く、奇襲を受けることはない立地である。

「なんか、それなら膠着状態になってしまわない？」

「日没までに旗を奪えない場合は私たちの勝利となります」

それを聞いたとき、ラムゼイはこう思った。ダニーなら攻めずに負けを選ぶだろうと。だってダニーはただ巻き込まれただけなのだから。

「あ、そうそう。負けたほうには罰があります」

「へ？」

間抜けな声を上げるラムゼイ。罰と言うのは初耳だ。

「負けたらフル装備で砦の周りを十周です」

ラムゼイはそれを聞いて血の気が引いた。フル装備だと下っ端の兵士の物でも十キロはあるだろう。それを身に着けて十周も走れというのは些か酷なようにも思えた。

「負けは弛みの証です。私もこの間、痛感いたしました」

彼女は二度とあのような惨めな思いを味わいたくないのだろう。そして周囲にも味わわせたくないのだ。

この罰があるのであればダニーは死ぬ気で襲い掛かってくるだろうな、とラムゼイは思うのであった。

「よーし、半数は警備に当たれ！　もう半数は小休止！」

堀と柵の用意を終えたヴェロニカがそう告げる。日は天高く昇っているが未だダニーは攻めてこない。

「焦れるね」

だんだんとラムゼイの緊張の糸が弛み始めていた。これを狙っているのであればダニーも十分に策士であろう。

日がだんだんと落ちる。それでもダニーは攻めてこない。勝負を捨てたのだろうか、そう思ったとき、何かがラムゼイ目掛けて飛んできた。

「うわっ！」

それは矢であった。もちろん、鏃は付いていない。矢羽根だけ付いてる先の丸まった木の棒だ。飛んできた方向に目を向ける。

そこにあったのは櫓……いや、井闌車《せいらんしゃ》であった。高さは五メートルはあるだろう。どうやらダニーはこれを作っていたらしい。

「くっ、ラムゼイ様を守れっ！」

「射って射って射まくれーっ！　あと、当たった奴は素直に退場しろよー！」

そう。当たったかどうかは自己申告なのだ。各人の善意にお願いするほかない。しかし、これで勝負はわからなくなった。

しかし、残念なことに丘の頂上まで進めそうもない。傾斜がきつく、登り切れなくなったのだ。

「今だーっ！」

そこでダニーが合図を出す。すると、井闌車がヴェロニカの築いた陣目掛けて倒れこんできた。これで掘も柵も無効化するつもりなのである。

「突撃ぃっ！　雑魚には構うな、旗だけ狙えーっ！」

「死守だ！　敵の狙いは明白、必ず旗を死守しろっ！」

両軍入り乱れての戦になった。日もだんだんと暮れてくる。

ここで、徐々にだが守備側のヴェロニカが押され始めた。と言うのも、実はダニーが宣言した旗を狙えというのはブラフだったのである。

これは仲間内で事前に示し合わせており、ダニーが旗を狙えと叫ぶが実際は敵の数を減らすのが目的であったのだ。

日が沈むのが先か、ダニーが旗を奪い取るのが先かの勝負となった。

「奪ったぞぉー！」

「日没だぁー！」

ヴェロニカチーム、ダニーチームの兵士が一人ずつ同タイミングで叫ぶ。

そこからというもの、各チームの兵士がどちらが先か言い争う事態に。どちらもフル装備で十周は避けたいようだ。

「ほっほっほ。これは引き分けでどうですかな？」

アーチボルト翁がボクにそうもちかける。ラムゼイは一も二もなくその提案に飛びついた。

「ええ、これはもう引き分けですね。うん、引き分けだ」

すると周囲の兵士たちが「引き分けか」「まあ、引き分けなら」と口々に呟き始める。でも、彼らが気になっているのはそこではない。罰の部分だ。

さて、罰の落としどころをどうしようかラムゼイが頭を悩ませているとアーチボルト翁の口が開き、こう言った。

「引き分けなので全員で五周じゃな。それでどうじゃろう？」

アーチボルト翁は走らせるつもりらしい。翁もスパルタ教育でダニーを鍛え上げた猛者なのだ。そのことをラムゼイは失念していた。

彼の頭の中には罰を帳消しにして兵たちの機嫌を取るか、それとも走らせて兵を鍛えるか。どちらが良いのか損得を計っていた。そんな中、またしてもアーチボルト翁の口が開く。

「もちろん、ラムゼイ様も一緒に走ってくれるそうじゃ。領主が走るというのじゃからお主らも走るじゃろ？」

「え、いや、あの……」

その場に居る全員の視線がラムゼイを見つめる。これはもう後には引けない。ラムゼイは身体が熱くなり、汗が吹き出るのを実感していた。

「わかった。ボクも走ろう」

最後は根負けしてラムゼイは項垂れながらそう宣言した。

後日、ラムゼイもフル装備で砦の周りを五周、兵たちと走る羽目になるのであった。

王国歴551年4月17日

ラムゼイは危惧していた。

村人たちの栄養状態を。

今、栽培できているのはライ麦に豆、ニンニクに玉ねぎだけだ。

もちろん、山菜やベリーなんかが山や森では採取できるし、オズマがお肉となる動物を狩って来たり、領民が魚を釣ってくれたりする。

栄養学的に則って考えてみるとライ麦パンで炭水化物は摂れている。

それに豆で植物性のタンパク質も確保済みだ。

玉ねぎとカブ、ベリーの実でビタミンも補給できるだろう。

脂質はニンニクで補うしかない。それとオズマが狩って来てくれる獲物だ。

問題はこれをどう美味しく、かつ手軽に摂取するかである。それを考えながらラムゼイはライ麦パンを作り始めた。

ライ麦を粉状にして水と塩、それから酵母と合わせて捏ねる。

そしてラムゼイはこの生地に豆を入れた。つまりライ麦豆パンである。

これで炭水化物とタンパク質を同時に摂取することができる。

栄養は効率良くバランス良く摂取するのがラムゼイのモットーだ。

この考え方は戦時で特に効果を発揮すると彼は考えていた。

時間もなく精神も疲弊していく中で、如何に手軽にそれを満たすか。

この豆パンに足りないのはビタミンと脂質だ。

それを補うため、ラムゼイはベリーをジャム状に加工し始めた。

と言ってもこの領地に追加できる甘味は今はまだない。砂糖どころか蜂蜜でさえバートレット領では貴重なのである。

この酸味が勝るジャムを生地の真ん中に置いてパンの成型を行う。

そして最後にパンにニンニクの搾り汁をかければ完成だ。

この余ったニンニクの搾り滓をどうしようかラムゼイは迷っていた。

そして迷った挙句、パンの生地に練り込むことにしたのだ。ラムゼイ、恐ろしい子である。

「できた！　完全栄養食。その名も『ガーリック風ライ麦豆ジャムパン』」

そう言って焼きあがったパンを高々と持ち上げるラムゼイ。そして続けてこう言った。

「えー、今回はなんと！　試食のプロをお呼びしておりまーす。さ、食べてぃーよ」

ラムゼイは試食要員としてダニーとロジャーを拉致もとい連れてきていた。その二人の前に出来立てのパンを差し出す。

二人はこの工程をずっと見ていた。その二人からしてみれば必要なものをただ入れただけにしか見えない。栄養第一、味は二の次なのだ。

それをこれから食べさせられるのである。心の中は不安で一杯だ。ロジャーなんか今にも泣きそうである。

「もうどうとでもなれ！」

そう言ってパンを先に口にしたのはダニーだ。そのダニーの顔がみるみるうちに青くなっていく。

ラムゼイだって鈍感ではない。そのダニーの反応を見るだけで味がどうだったのかわかるのだ。

「あー、不味かったか。やっぱり横着するとダメだね。ロジャーは食べなくて良いよ」

ロジャーは大きく安堵のため息を吐き、それとは対照的にダニーは物理的に、吐いた。

ラムゼイは横着せずにこのパンの改良を始めた。というのも、豆パンとジャムパン、ガーリックパンを三つ作って三色パンのようにくっつけるという案である。

ダニーからは最初からそうしろという目線で見られるが、これをしなかったのにも訳がある。

三色パン状にすると、嵩張るのだ。行軍に嵩張るものを持たせるのはいけない。

しかし、みんなに美味しくないものを食べさせるわけにもいかず、結局は三色パン状にして開発を進めていくのであった。

「あー、あとはこれにミルクかバターがあれば最高だよねぇ」

そう言ったのはロジャーだ。確かにバターがあれば足りていない脂質やビタミンを補うことができる。

ミルクがあればカルシウムなどの無機物を摂取することができる。

しかし、山羊はバートレット村にはいない。ルーゲル村にはいるかもしれないが、貴重なミルクやバターを実験に使うのは避けたい。

ただ、これは早急に解決する問題だとラムゼイは考えていた。

他にも卵の量産体制が整えばパンに卵を練り込んで美味しく栄養価の高いパンにすることもできる。

このできそうでできない状態が何とも歯痒いラムゼイではあったが、焦りは禁物だ。

ラムゼイは自分に言い聞かせるつもりでロジャーに告げた。

「そうだね。ロジャーの言う通りだ。でも、今はこれが限界だよ。焦らずに一つ一つやって行こう」

二人はこのラムゼイの言葉に首肯して同意した。

これが人気となり、他の領でも三色パンが作られるようになったとかならないとか。

もちろん、試作の美味しくないほうのパンはダニーとラムゼイの二人が責任をもって食べきったとさ。

王国歴551年4月20日

「あー！　肉が食いてぇ！」

ダニーが突然叫び出した。それに追随するエリック。

ここ、バートレット村ではお肉は非常に貴重な食べ物となっていた。バートレット村の主な食事はライ麦のパンと野菜と山菜がメインとなっている。

お肉と言えば、オズマたちが狩ってきた兎やイノシシ、カモやハトなどがあるのだが、ラムゼイはそのほとんどを保存食に回してしまっているのだ。お陰でダニーたちの口に入るお肉の量は少ない。

それであれば魚はどうか、と思うかもしれない。しかし、ラムゼイは石打漁を止めてしまったのだ。あれは周辺の魚全てが獲れてしまうので、乱獲に繋がる恐れがあるとラムゼイが判断したためである。

「ラムゼイ！　肉を食わせろ！」

「そーだそーだ！」

「えぇ……突然やって来てなんなの、君たち」

事務作業を一旦止めてラムゼイは肩と首を回しながら二人に対応する。

「肉が食いたいんだよ！」

「そーだそーだ！」

「お腹空いてるの？　じゃあほら、パン食べなよ」

ダニーとエリックに三食パンを差し出す。このパン、村人たちにも上々な評判となっておりラムゼイは上機嫌であった。

「違う、そうじゃない！　お肉なんだよ、お肉！　まあ、このパンは貰うけど」

そう言って三食パンのジャムパンだけを奪って残りをエリックに渡す。どうやらエリックもジャムパンを狙っていたらしく、ラムゼイの目の前で年長の二人が醜い争いを繰り広げるという、なんともお粗末な展開になってしまった。

「はいはい、喧嘩しないの。で、お肉が食べたいんだね？」

「え？　あ、そう！　そうなんだよ！　お肉かお魚を腹いっぱいになるまで貪り食いたいんだよ！」

「お肉ねぇ。じゃあ、今度、街に向かった時にニワトリでも仕入れてこようかな」

「お！　流石はラムゼイ。話が分かるじゃんか！」

そう言ってラムゼイの頭をわしゃわしゃと雑に撫でるダニー。彼にとってラムゼイは何時になっても、どんな立場になっても可愛い弟分なのだ。

「あ、でも育てて繁殖させるから食べられるようになるのは当分先だよ」

「なんだよ！　ぬか喜びさせんな！」

「ぬーいひゃいいひゃい。やめへよー」

ダニーが怒りにかまけてラムゼイの頬を思いっきり引っ張る。おそらく、今のラムゼイにこんな仕打ちができるのはヘンドリック辺境伯かダニーくらいというものだ。

離してもらったラムゼイは頬を撫でる。それを心配そうに見つめるコタ。ラムゼイは頬をコタに近づけると、コタはペロリとラムゼイの頬を一舐めした。

「もう、可愛いじゃないか。こいつめー」

「みゃぁ」

「あ、そうだ。コタの餌のためにも魚を安定的に供給できるようにしたいよねぇ」

ふわふわの毛を撫でながらそう呟くラムゼイ。でも、魚を安定して供給するってどうやれば良いんだろうかと頭を悩ませる。

「お、魚を育てるのか。それもアリだな。そっちならすぐに始められそうだし」

「じゃあ、始めてみますか。二人には協力してもらうからね！」

こうしてラムゼイとダニー、それからエリックによる魚の養殖事業が始まるのであった。

◇

「まずは、池を作らないとだね」

テス川までやって来た三人はまず、その川から百メートルほど離れた西側を一斉に掘り出した。

と言っても、所詮は三人。掘れる量もたかが知れているというもの。

なので、ラムゼイはヴェロニカと彼女が訓練していた兵を連れて来て、一気に池を掘り上げることにした。

深さは約一メートル。直径は十メートルほどの人工的な池だ。

「よし、じゃあ次は地面に石とか木とか置いておこうか」

「うへぇ。まだやんのかよ」

「ダニーがお魚食べたいって言い始めたんでしょ。ほら、ちゃきちゃき動く！　あ、エリックは人が落ちないように柵を立てておいてもらえる？」

「りょーかいだぜ！」

エリックはダニーとは対照的に、ハキハキとした動きでトンカチを取り出す。ダニーは楽をしようと小さな枝木を引きずりながら穴の中に入れ始めた。

しかし、それを見逃すラムゼイではない。

「ヴェロニカー。ダニーがまともに働いてくれないんだけどー」

「ちょ、何言ってんだよ、ラムゼイ！　オレ、こんなに頑張ってるじゃねぇか！」

そう言って赤ちゃんよりも重そうな石を抱き抱える。そんなダニーをヴェロニカはジト目で見ていた。

「ちくしょー。オレのほうがずっと前からラムゼイの仲間なのに！」

「ボクの仲間ならラクしたりズルしたりしないでくださーい」

ラムゼイは横目でダニーを見ながらせっせと汗水垂らして池の中の環境を整えていく。

今、何をやっているのかと言えば小さな魚などが隠れることができるように石を置いたりしてるのだ。それに枝や水草は水中の酸素を増やしたりする効果があるはずとラムゼイは記憶していた。

「じゃあ、最後の仕上げと行きますか」

池の中に色々と入れ込み、初心者が行った初めてのアクアリウムが完成した。その道の諸兄が見たらお粗末ものだろうが、ラムゼイ本人は満足していた。

「仕上げって？」

「そりゃここと川とをつなぐ道を掘るんだよ」

ダニーが聞かなきゃ良かったと肩をガックリと落とした。そしてラムゼイと共に川までの百メートルを一生懸命になって掘り進む。

ラムゼイは道を掘りながら考えていた。この池を川と繋いだ後、どうやって魚を管理するべきかを。

魚は問題ない。開通した後、堰を止めて池に魚を放っていけば良いわけだから。問題は餌だ。

魚なのでパンくずは食べるだろう。ただ、それだけだと栄養価が偏ってしまう。それに水も汚すから、よろしくないはず。

とはいえ、今用意できるのは麦くらいしかない。あとは残念だが魚たちに自力で餌を探してきてもらおうとラムゼイは割り切っていた。

これでもし、ダメだったら原因を分析して改善すれば良い。先人たちもそうやってきたはずだと自分を肯定しながら。

「これで池は完成だな」

「あ、ちょ、待って！」

「へ？」

ヴェロニカが連れて来た兵士たちの力も借りて、何とか最後の数十センチまで辿り着いたラムゼイ達。

ラムゼイの制止も聞かず、ダニーがシャベルを差し込んだその時、支えていた土が決壊し川から水が勢い良く流れ込んできた。

そのまま流されるダニー。走って逃げるラムゼイも努力の甲斐なくその濁流に飲み込まれてしまう。

「ラムゼイさま！」

すぐさま救出されるラムゼイ。それとは対照的にダニーは池に流れ込む水が治まるまでエリックが遠巻きに眺めているだけであった。

「ちょ、オレも、助けろよ！」

「自業自得だろ、バーカ」

そうは言うものの、手を差し出すエリック。なんだかんだ言ってはいるが仲良しの二人である。

「うへぇ。びしょ濡れだ。もう、ダニー！　やるならせめてボクが避難してからにしてよ！」

「うるせー！　オレとお前は一蓮托生だい！　ぶえっくしょん！」

大きなくしゃみをするダニー。そこでラムゼイとダニーの二人は風邪を引いてはいけないと屋敷に返される羽目に。

そこで、残ったヴェロニカは主人であるラムゼイを喜ばせようと兵士たちと共に釣りに興じることにした。

「さあ、釣るわよ！」

と意気込むものの、彼女は釣り竿も何も持っていない。なんだかんだ言って彼女はお嬢様なのだ。箱に入れられて大切に育てられた娘なのである。

周りの兵士たちがフォローに回る。糸を取りに屋敷に走る者、枝を削って竿を作る者、木製の針を作る者にエサを調達する者など各自が自身の役割を認識し整然と動き出す。

ここまで動けるのは彼女の指導の賜物だろう。それに兵士たちは彼女のその境遇にある種の同情を抱いている。それが上手く働いたのかもしれない。

「さ、これで釣りができますよ。釣りが得意な兵たちも選抜しております」

兵士の一人がそう言う。

「ありがとう」

その兵士にお礼を述べ、柔らかく微笑むヴェロニカ。兵士たちはいつの間にか彼女の笑顔の虜になっていた。

良いところを見せようと躍起になって釣果を求める兵士たち。何というか、醜い争いである。

そんなことをしているうちにヴェロニカが次々と魚を釣っていく。恐ろしいビギナーズラックだと思うかもしれないが、そんなことはない。彼女のアワセの技術が高いのだ。

「あら、釣れたわ」

戦いの中に身を置いてきた彼女。魚との駆け引きもお手の者であったのだ。

お陰で彼女の釣果が一番となり、兵士たちは褒めてもらえず落胆していたが、彼女と兵士たちが打ち解けられたのは思わぬ僥倖といったところだろう。

その後、魚を池に放って繁殖を目論むラムゼイ一行。お肉同様、上手くいってもダニーの口まで届くのに時間が掛かるのは変わらないのであった。

バートレット英雄譚

閑話その1　ラムゼイと猫

「コタ一。今日も毛並みが艶々だねぇ」

「なーぉ」

ラムゼイは愛猫のコタを撫でながら話しかける。わかっているのか定かではないが、返答と言わんばかりに鳴くコタ。

そこでふとラムゼイは思った。コタを他の猫と触れ合わせないで良いのだろうか、と。

彼自身も自覚している。コタを他の猫より贔屓していることは。ただ、全てをラムゼイの愛猫にするわけにはいかない。貯蓄している食糧をネズミに全て食べ尽くされてしまう。

「なあ、お前は独りぼっちで寂しくないか？」

「めぅ」

そう話しかけるとコタはラムゼイにぴったりとくっ付いてしまった。これはコタが寂しいと意思表示をしたのか、ただの気まぐれなのかはわからない。でもラムゼイはこれを寂しいと受け取ったようであった。

「〜〜〜！」

声にならない声を上げるラムゼイ。彼はコタを抱き抱えて部屋を飛び出した。何も錯乱しているわけではない。ただ、コタのためを思っているだけである。

向かった先はもちろん他の猫たちが寛いでいる食糧庫前。そこには大小さまざまな猫が思い思いに過ごしていた。

コタを仲間に入れてやろうと地面に下ろそうとしたとき、嫌な予感が頭を過ぎる。

本当にこのままコタを解放してしまっても良いのか、と。

ここは屋外であり、コタにはリードも何もついていない状況だ。逃げ出されたら、もう捜し出すことはほぼ不可能に近い。

思い直したラムゼイはコタをしっかりと抱き抱え始めた。どうやら降ろすことはしないようだ。

ただ、他の猫と触れ合わせたいと未だ思っているのだろう。寝ている猫の傍に胡坐をかくラムゼイ。

真ん中には仰向けになったコタが気を抜いて目を瞑っている。

そんなコタのお尻を狙う一匹の子猫。ラムゼイの膝を乗り越え、コタのお尻の匂いを嗅ぎ出した。

驚き飛び跳ねるコタ。そのままその子猫に飛び掛かりじゃれあい始めた。

そんな中、慌てている男が一人いる。ラムゼイだ。

(ボクの手から、コタが、離れてしまった……どうする。え、どうする?)

慌てたら負けだ。そう思ったラムゼイは深呼吸を一つ挟む。今一番行ってはいけないこと、それは驚かせることだと自分に言い聞かせる。

ゆっくりとスローモーションのように動くラムゼイ。中腰が非常につらい。そしてそっとコタに触れる。

その瞬間、コタは弾けたように飛び上がった。そうやら視覚外から触られて驚いたようだ。

「!?」

ラムゼイもそれに驚く。彼の心の中は「頼むからコタ、視界から消えないでくれ」と願うばかりであった。

幸いにもコタはその場で毛づくろいを始めた。今度は驚かさないよう、ゆっくりと近づく。

「よぉ、ラムゼイ！　こんなとこで何してるんだ？　お前もつまみ食いか？」

やって来たのはダニーとエリック、そしてロジャーの腹ペコ三人組だ。お前「も」と言ってる当たり、彼らはつまみ食いをしにきたのだ。

「ばか！　ばか！」

ラムゼイがダニーをポカポカと叩く。というのも、コタがびっくりして逃げ出してしまったのだ。

「ええ!?」

驚くダニー、頭を掻くエリック、焦るロジャー。そんな三人と共にラムゼイはコタがどこに行ったのか周囲を捜し始めた。

「コター！　コタどこー？」

叫べども叫べどもコタからの反応はない。最悪の展開がラムゼイの頭に浮かぶ。そう思った途端、激しい動悸に襲われた。

ダニーはラムゼイの表情から何かを察したのか、兵を呼びに走ろうとした。

「まって！　兵は動かしちゃだめだよ！」

ラムゼイもダニーが何を行おうとしていたのか理解していた。流石は長年の付き合いのある二人である。

「なんでだよ！」

「当たり前でしょ！　私用で兵を動かすなんて領主として愚の骨頂だ！」

そう言いながらも捜す手は止めないラムゼイ。ダニーたちも必死になってラムゼイの愛猫を探す手伝いをしたのであった。

◇

四人はつまみ食いと言う本来の目的も忘れ、日が沈むまでコタの捜索に当たった。しかし、彼の愛猫は見つからなかった。

「その……すまなかった。ごめん」

声をかけたエリックが謝る。罪悪感を持っていたのだろう。ラムゼイは怒鳴りたい気持ちを抑え、努めて冷静に返答する。

「仕方ないよ。ボクも不用心だったのも悪かった。そんなに気にしないで」

自分は領主なんだ。自分が我慢しなければならないと強く言い聞かせて。

「……時間ももう遅いし、解散しよう」

ラムゼイが切り出す。エリックたちはまだ捜索したいと申し出たが、もう外は真っ暗。黒猫であるコタを捜索するのは砂漠の中で1本の針を探すのと同じくらい難しいだろう。

意気消沈しながら自室に帰るラムゼイ。

「可愛いでちゅねー、コタちゃん。こちょこちょー」

そこではヴェロニカとじゃれるコタの姿があった。思わず叫んでしまうラムゼイ。

「コタ！」

その声でコタは驚き、尻尾を膨らませてしまった。ラムゼイは慌てて口を押さえる。

「なんで、ここにコタが？」

小声でヴェロニカに尋ねた。

「この子はずっとラムゼイさまの部屋を開けようと爪でカリカリしていましたよ」

ヴェロニカが身振り手振りを交えて回答する。どうやら、コタはラムゼイの自室に逃げ込もうとしたようだ。

今度はゆっくりとコタを抱きしめるラムゼイ。それに応えるようにコタが「みゃ」と小さく鳴いて彼の頬を舐め始めた。

後日、ラムゼイは自室にコタ用の出入口をエリックに依頼し、彼も罪悪感からか無駄に立派なドアを扉の下に取り付けたのであった。

バートレット英雄譚

閑話その２ 甘いものはお好き？

ラムゼイはベバリー山脈の中腹にいた。何をするかというと、白樺から樹液を集めようと言うのである。

幸いにもベバリー山脈の西側も手中に収めることができた。そちらにも白樺は見当たす限り生えている。

「じゃあ、ここに穴を開けてっと」

錐で穴を深く開けていく。暫くすると、そこから樹液が滴ってきた。ラムゼイはそれを指で掬って舐めてみる。

「うん、ほんのりと甘い！」

ラムゼイは次々と白樺から樹液を集めていく。お陰で大樽一杯もの樹液を貯めることができた。あとはこれを煮詰めていくだけである。そうすれば余計な水分が飛んで甘さが増していくはずだとラムゼイは推測していた。

樽を荷車に乗せて慎重に砦まで運ぶ。そのまま台所まで樽を運び、鍋に樹液を移してゆっくりと樹液を煮詰め始めた。

「何をされているのですか？」

そんなラムゼイのもとにやってきたのはヴェロニカである。どうやら甘い香りに誘われてやって来たようだ。

「ちょっと新たに産業を作れないかと思ってね。もう少ししたら味見しにおいでよ」

白樺のシロップは女性に好まれる商品だとラムゼイは考えていた。なので、ヴェロニカに味見を依頼しようと思っていたのだ。ただ、煮詰まるまでもう少し時間がかかる。

「かしこまりました。それでは、また後で寄らせていただきます」

ヴェロニカも恐らく美味しいものが食べられるという期待からか、足取りが弾んでいた。その思いを裏切らないためにもラムゼイは丁寧に樹液を煮詰めていく。

「お、なんか良い香りが漂ってんなー」

樹液が煮詰まって、あと少しで完成というところで次にやって来たのはダニーだ。

どうやら、アーチボルト翁にこってりと絞られた後のようであった。手近にあった柄杓で樽の中の飲み物を掬って喉を潤す。

「あ、それは――」

ダニーが飲んだのは白樺の樹液である。一口飲んで普通の水より美味しいことに気が付いたのか、ダニーは何度も柄杓で掬っては口に運んでいた。

「ちょっとダニー！　それはボクが採って来たんだから飲まないでよ！」

「なんだよ。いーじゃねーか、ちょっとくらいケチケチすんなよ」

「駄目なものは駄目なの。もう、飲んだ分はダニーが採ってきてよ」

「わかったわかった。飲んだ分は採ってくるから、もう少し飲ませてくれよ」

そんな問答を繰り返す二人、するとラムゼイが煮詰めていた鍋から黒煙がふすふすと上がっていることにダニーが気が付いた。

「おい、ラムゼイ！」

「あ！」

「この隙に」

ラムゼイが鍋の中を覗くも時すでに遅し。樹液のシロップは焦げて鍋底にへばり付いてしまった。

そんなラムゼイを横目にダニーは樹液をぐんぐん飲み干していく。

「ラムゼイさま、そろそろできました――」

顔を出したヴェロニカの目に映ったのは慌てるラムゼイに恍惚とした表情のダニーだ。この台所の惨状を見て固まってしまった。

「あ、あの……いったい、何が」

「あ、ヴェロニカ！　ちょっと聞いてよー！」

これ幸いとラムゼイはヴェロニカに事の顛末を全て話した。

段々と顔が青くなっていくダニーとは対照的に、顔が紅潮していくヴェロニカ。

「お、おいラムゼイ。ヴェロニカが関わってるなら何で教えてくれなかったんだよ」

「ダニーが止める間もなく飲み始めたんでしょ」

ラムゼイはもう知らないと言わんばかりにそっぽを向く。

ダニーはわたわたしているがもう遅い。肩をがっしりとヴェロニカに掴まれてしまった。

「ダニー。どうやら貴方は訓練が足りていないみたいですね」

「そそそ、そんなことねぇよ。今もアーチボルト翁にこってりと絞られていたんだからよ！」

「そうですかそうですか、私とも稽古しましょう？」

笑顔でそう持ち掛けるヴェロニカ。その恐ろしさは怒りの矛先ではないラムゼイもひしひしと感じていた。

「や、やだよ！　オレはバートレット領の兵士長だぞ。拒否する権限を持っている！」

「じゃあ、領主のボクが命じるよ。ヴェロニカに稽古をつけてやってくれ。兵士長殿」

苦し紛れの言い逃れをするダニーの逃げ道を塞ぐラムゼイ。好き勝手に振舞ったツケが今ここに巡り巡ってきてしまった。

「領主様の許可も下りましたし、行きましょうか？」

ヴェロニカに両肩を掴まれたダニー。もう振り払うことが叶わないでいた。

「ごめんなさいごめんなさい！　ホント、ちょっと、お手柔らかに！」

そう言って引きずられていくダニー。彼の身体には無数の痣ができたのだとか。

シロップづくりはというと、後日、ダニーに白樺の樹液を二樽ほど採取してもらい、それをラムゼイが丁寧に煮詰めてシロップにすることに成功していた。

それを美味しそうにヴェロニカが頬張っており、これをパンに塗れば売れること間違いなしとのお墨付きをもらうことができた。

「これも産業として成り立ちそうだね」

「ええ、是非とも量産しましょう！」

ヴェロニカの目が輝いていた。その時、ラムゼイは思ったのだ。

ヴェロニカを決して怒らせてはいけない。敵に回してはいけないと。なので、こう返事することし

かできなかった。

「もちろんだ。ボクに任せてよ！」

ラムゼイが意地でシロップの量産体制を組み立て、前に発明した三食パンをさらに美味しいパンへと進化させたのは言うまでもないだろう。

バートレット英雄譚

エピローグ

「お目通り叶い、恐悦至極にございます。モリス伯爵」

「うむ、よくぞ参られたリヒト殿」

闇のように黒いローブを深く被った男が跪いている。年齢も顔もわからない。かろうじて声で男性だとわかる程度だ。

部屋はそう広くはないのだが、貴重な絨毯が敷かれ壁には端正な顔付きをしている男性の肖像画が描かれている。

その顔を崩した男性が跪いているローブの男の前でふんぞり返って座っている。この男が伯爵のモリス＝フォン＝ドッド伯爵その人である。

「まあ、飲みながら話そうではないか。さ、まずは一献」

リヒトをテーブルの空いている席に座るよう手で促す。そして侍女がグラスを持ってくる。そのグラスにモリス手ずからワインをなみなみと注いだ。

「いえ、自分は下戸なので」

注がれたワインをやんわりと答える。彼は思考が鈍るのでこういった話し合いの席でアルコールを嗜むのは避けたいのだ。

しかし、モリスがそれを許さない。

「何を仰られる。ささ」

「あら、それでは私がいただきますわ」

注がれたワインを掠め取ったのはリヒトの脇に控えていた妖艶な女性。ゆるくウェーブがかった髪に濃い化粧。でもそれが彼女に似合っていた。そのままモリスの横まで進み歩き枝垂れかかる。

彼女の甘く官能的な香りがモリスを惑わす。

「おお、そうか。その方の名は？」

「パメラと申します。モリス閣下とお近づきになれて嬉しい限りですわ」

ワインを一気に煽る。モリスは良い飲みっぷりだと褒めてからワインを空になった彼女のグラスに継ぎ足した。

「モリス閣下、それでお心は定まりましたでしょうか？」

「うーむ。重大な決断ゆえ、もう暫し考える時間をいただきたいところではあるなぁ」

促すリヒト。躱すモリス。このやり取りに苛立ちを覚えていたのはリヒトであった。もうこのやり取りを何度繰り返したことか。そろそろ決断を迫りたい。

彼は机の下で指を動かす。苛立ちを抑えるように。この点、一枚も二枚も狡猾なモリスが交渉を有利に運んでいた。

「あら、そんなこと仰らないでくださいまし。私たち帝国は閣下の参画を待ち望んでおりますわ」

「しかし……」

「わかりました。それでは私が帝国に加わるメリットを丁寧に説明させていただきますわ」

一晩かけて、とモリスの耳元で囁くパメラ。モリスの顔が興奮で赤くなっていく。

「おお、そうか。じゃあ一晩かけてじっくりと語り明かそうじゃないか」

リヒトは心の中でモリスを下衆と罵りながらも、パメラの行動に頼らざるを得ないという自身の力不足に歯痒さを覚えずにはいられないのであった。

「それじゃ、あのバカ伯爵の説得は私に任せて」

会談が終わった後、リヒトとパメラが今後の動きに関して話し合っている。

「申し訳ないです」

「なに、適材適所よ。あの目を見たでしょ？　もう落ちたも同然よ。そのこと、あのお方にお伝えしておいて」

「わかりました。それでは手筈通りに、ですね」

二人は目を合わせて頷く。

リヒトはモリスのもとを離れ、報告のために帝国に戻る。もちろん、報告の内容はモリス伯爵が帝国の側に寝返ったと言う事実だ。

帝国の企みがマデューク王国を襲おうとしていたのであった。

《了》

あとがき

はじめまして。著者の上谷岩清です。

まずは拙作を手に取っていただき、ラムゼイたちの頑張る姿を見守ってくださった読者の皆様に最大限の謝辞を。

私としましても、最初に執筆した作品になりますので思い入れも一入です。楽しんで読んでもらえたら、この上ない幸せです。

本作品は主人公であるラムゼイに出来るだけ楽をさせたくないと考えておりました。リアル志向なので、読んでいて苦痛に思う箇所があるかもしれません。結果的にそんなことはありませんでしたが。

ただ、それでも諦めず解決策を探していくラムゼイ。なんとかしようと藻掻く、彼のようになりたいと私の願望を乗せたキャラクターになっております。現実離れしているかもしれません。

また、ダニーもそんな彼に優しく寄り添います。こちらも、私の願望です。ああ、こんな友人が、親友がいたらなぁ、と。

戦記物ということで登場人物は多いですが、出来る限りひとりひとりにしっかりとした背景を用意できればと思っています。

まだまだ私の力量のせいで至らぬ点はありますが、事態の趨勢を見守っていただければ幸いです。

そして出版にあたり協力いただいた皆様、ありがとうございます。

特にイラストレーターの桧野ひなこ先生、非常に素敵なイラストをありがとうございます。何案もいただいたのですが、どれも素晴らしく、選ぶのに苦労いたしました。

私の個人的なお気に入りはダニーです。と言っても、彼を贔屓したりはしませんが。

それから親身に相談に乗ってくださった編集のH氏、ぎりぎりまでご面倒をお掛けし、申し訳なく思います。わがままを聞いてくださり、ありがとうございました。

何と言っても妻にも迷惑を掛けました。私の心が折れそうになった時、いつも支えてくれたのは貴女です。直接伝えるのは恥ずかしいのでこの場で謝辞を。いつもありがとう。

愛猫の虎太郎。可愛いよ。

それから最後に、何と言っても読者の皆様です。皆さまが応援し、読んでくださっているからこそ小説が成り立っていると考えております。

もう一度、謝辞を述べさせてください。本当にありがとうございます。これからも本作、そして上谷岩清を応援いただければ嬉しく、幸せなことだと思っております。

よろしければ感想やレビュー、ファンレターなどを頂戴できますと著者の、私の励みとなります。

では、本作が売れて二巻目で皆様と再びお会いできることを切に願っております。

二〇二〇年十一月　上谷岩清

バートレット英雄譚 1
～スローライフしたいのにできない弱小貴族奮闘記～

発　行
2020年12月15日　初版第一刷発行

著　者
上谷岩清

発行人
長谷川　洋

発行・発売
株式会社一二三書房
〒101-0003　東京都千代田区一ツ橋2-4-3 光文恒産ビル
03-3265-1881

デザイン
okubo

印　刷
中央精版印刷株式会社

作品の感想、ファンレターをお待ちしております。
〒101-0003　東京都千代田区一ツ橋2-4-3 光文恒産ビル
株式会社一二三書房
上谷岩清 先生／桧野ひなこ 先生

Printed in japan, ISBN 978-4-89199-676-5

※本書は小説投稿サイト「小説家になろう」（http://syosetu.com/）に
掲載された作品を加筆修正し書籍化したものです。